AF509488

KHALDUN

Víctor Fernández-Ortiz

© 2018 Victor Fernández Ortiz
ISBN: 978-84-09-04270-8

Maquetación: Manuel Palacios
Diseño de portada: Lễ Hồ

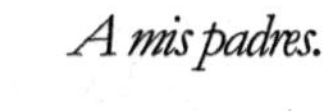

A mis padres.

CARL GUSTAV JUNG

0.

Khaldun es uno de los enigmáticos habitantes del desierto. Pertenece a una de las tribus que, contra toda razón y lógica, habitan el erial arenoso batido por el viento que se extiende más allá de las ruinas. En las ruinas sencillamente ya no hay más espacio, pero fuera es el espacio lo que acaba con Khaldun cada atardecer, ahogando sus caminatas eternas en aire caliente. El sultán de la Ciudad de los Muertos, en tensa paz con los jerarcas de las Dunas, ha decretado esta tierra como tierra de nadie, y desde entonces Khaldun la ronda. Como una mosca alrededor de un gran excremento.

Pese a parecer un gran ente uniforme y vacío, el desierto está lleno de cosas. Tiene su propia vida debajo de la superficie, fuera del alcance de las miradas ordinarias, como si se tratara de un océano. Todas las criaturas que pueden se entierran, ocultándose de la inclemencia de un sol asesino. Khaldun ha pensado en enterrarse alguna vez, en desaparecer. Pero las serpientes de sangre andan entre dos tierras, con sus cabezas ganchudas sumergidas acechando a todos los que pasan, no sería nada bueno encontrárselas bajo la arena, donde son más rápidas. Se debe tratar de caminar siguiendo los postes de madera que el tío Amud instaló entre los puestos de comercio hace años, pues por allí las pisadas frecuentes alejan a los reptiles más reptantes. Nada se puede hacer contra las moscas de la carroña, de todas formas. Son las que rondan los cuerpos, y en el desierto nunca les falta comida.

En aquella época y aquel lugar malditos, los jerarcas de la arena reinaban sobre sus dunas mientras tan solo un resquicio de rebeldía florecía muy de vez en cuando entre la gente del desierto. A través de sus arcontes y sus enjambres eléctricos, su puño de acero se hacía notar con la furia de un relámpago, mientras que su mirada poderosa se extendía sobre el polvo como nubes de tormenta. El miedo se apoderaba cada noche de los niños abandonados como Khaldun, y volvían a ser tan solo criaturas indefensas y desmadradas. No era precisamente la gran vida.

Durante sus incursiones nocturnas por el zoco, conspiradores y asesinos se escondían entre las sombras de los callejones de adobe. El viento nocturno traía maldiciones en lenguas polvorientas, por nadie conocidas, con más gruñidos que vocales. Y cuando más se acercaba a las grandes dunas habitadas, más miedo sentía Khaldun, pues aquellas maldiciones provenían de las altas torres de hueso de los jerarcas, donde los invocadores barbudos de lo que se conocía como *Magique* realizaban sus rituales y experimentos.

Aquel miedo que infectaba cada noche las tres ciudades de chapa prevenía contra las rebeliones más masivas, pero no era capaz de acallar los tejemanejes e inquinas de los pocos que susurraban sobre derribar las torres al amparo de la luz tenue de las velas. Querían destruir sus reservas de mercurio, combustible de casi todas sus máquinas y artilugios, y destronar su tiranía para hacerse así con el control del contrabando de *Magique*. Khaldun prefería no mezclarse con ellos, por supuesto, pero a veces les vendía material, en los pórticos carcomidos de sus sótanos, detrás de alacenas y cantinas. Pagaban generosamente y él olvidaba en seguida que había estado allí, por su propio bien.

La rutina de Khaldun en estas noches milenarias con pocas estrellas era tan sencilla como podía ser complicada. Iba donde creía que vendería. Se movía presto y decidido aliviando la inquietud de la madrugada mediante inhalaciones balsámicas colocadas delicadamente bajo su nariz. O tan solo esperaba entre patadas impacientes al polvo. Y esperaba. Y a veces la noche se le escapaba entre cigarrillos de betún en algún callejón donde solo los linces de ciudad y las enormes lagartijas rondan. Eran gajes del oficio, y lo mejor era no pensar mucho en ellos.

Además, el nuevo recorrido habitual de Khaldun tenía doble ganancia. Había aprendido a moverse entre los peligrosos callejones traseros de los famosos *constructores* y recuperaba piezas diminutas de cobre o de latón que introducía en sus grandes bolsillos de ladronzuelo. Luego las intercambiaba por unas pocas onzas más de *casiopea* para vender. Nadie parecía haber pensado en eso antes, en pagar la *casiopea* con los relucientes botines de otros hurtos. Khaldun estaba orgulloso, la gente empezaba a conocerle.

En cualquier caso el riesgo era alto, los perros mecánicos que los *constructores* guardaban en sus patios de despojos se habían hecho famosos por haber destripado a algún niño perdido en el pasado. Pero Khaldun era aún ágil y valiente, y no pensaba mucho antes de actuar por su propio beneficio. Un pequeño empresario de la noche en las Dunas, empoderado por el tráfico ilícito de la sustancia prohibida del momento. *Casiopea.* La extraordinaria vía de escape al más allá, lejos de la gran miseria rampante de la tierra.

Cuando alguien está enganchado a drogas como *casiopea*, la visita del camello equivale a la aparición de un ángel caprichoso, pues de él depende el grado del colocón. Y del colocón depende todo lo demás. Khaldun se había ganado además el cariño de algunos adictos debido a que no pulía los cristales rosados de la droga. Era bien sabido que otros traficantes, sobre todo los que trabajaban para los peces gordos, lijaban el mineral usando tornos de diamante y transformaban su capa más exterior en un polvo mágico donde estaban la mayoría de las substancias que generaban el cuelgue. Estos polvos eran luego consumidos de diferentes maneras en las torres de los jerarcas, o en los subterráneos de las sectas más acaudaladas, donde los líderes se preparaban un baño de leche de brahmán y polvos de *casiopea* para contemplar los lugares y designios recónditos del espacio y del tiempo. Los adictos comunes, los que compraban en lugares como La Escalinata o el Circo, tan solo obtenían las piedras lijadas y suaves, con sus propiedades altamente disminuidas.

Una droga nueva, *casiopea*, sin parangón con nada visto antes, y oh, si algo se había visto en este mundo, eran drogas nuevas.

1.

Cuando Khaldun se toma el día libre y se mete algo de *casiopea* (del modo habitual, calentando la piedra y apretándola fuerte con la mano para que se absorba su calor a través de la piel a la vez que se aspiran sus humores rosados), entonces Khaldun es una ciudad en lo más profundo del bosque, o Khaldun es un país, o un mundo inflamado que explota con furia en una nube de confeti. Khaldun se hincha o se contrae a voluntad, se retuerce en sus propios jugos, se desmaya en su silla y su cabeza se da la vuelta, sus ojos viajan al centro de su mente. La maldita percepción de todos los rincones del mundo, es demasiado.

Por suerte, después no recuerda mucho de lo que ha visto, pero pequeños retazos del tiempo se quedan durante días en su mente como huéspedes sin un lugar al que volver, se entrometen en Khaldun. Qué sensación inalcanzable supone sobrevolar las horribles llanuras de Leng a lomos de una criatura anaranjada, o transmutar en un átomo y sentir el peso de todas las cosas en la ligereza del aire. Escuchar la voz de Él recitar sus poemas favoritos al pensamiento enajenado, entender el significado de la escisión del universo y promulgar la muerte del propio ego para flotar en la Gran Calma irradiante, que es una laguna de la mente.

Esta nueva droga realmente es una locura.

Pero Khaldun trata desesperadamente de evitar su consumo,

porque sabe demasiado acerca de las *mentes muertas*, las pobres almas destruidas por *casiopea*. Aquellos que rondan en la claridad incierta de la madrugada, sin un lugar, sin una mente a la que volver, destruidos por el conocimiento del universo. Porque las piedras dan algún tipo de conocimiento. No se sabe bien de qué índole ni de dónde proviene, pero bajo los efectos del humor rosado aparecen en la cabeza cosas que nunca estuvieron allí, y que nunca debieron estar.

Dónde se originan estas piedras rosas, otro misterio. Un día cualquiera aparecieron en la ciudad de los nómadas eternos, y alguien en un callejón decidió calentar y aspirar una de aquellas piedritas que circulaban de mano en mano, manos furtivas. Se perdió el origen, si es que alguien lo supo alguna vez, pero enseguida se produjo una auténtica inundación de este nuevo material que otorgaba visiones y guiaba a escribir poemas cósmicos que perdían el sentido en la luz de la mañana. Pronto todo el mundo conocía a alguien que conocía a alguien que podía llamar a una persona desconocida para que le trajera un par de piedrecitas rosas. La cadena de suministro es larga, y su origen permanece en las sombras.

Khaldun por aquel entonces se arrastraba por el fango del oasis de Rajún, como un batracio hinchado de ínfulas y (malos) sueños. Limpiaba tuberías. Era un buen nadador, así que se sumergía en el lago negro y espeso para retirar la mierda que taponaba las tuberías de latón de los hijos de puta que viven y defecan en el oasis de Rajún.

De vez en cuando, algún encuentro demasiado cercano con los esturiones atigrados de cinco metros de largo que poblaban las partes más sombrías de la profundidad hacía que Khaldun se sentara durante una hora en su muelle y pensara en dejar aquel infecto lugar. De vez en cuando, un movimiento viscoso de la oscuridad que había debajo del agua, donde ni siquiera los buscadores de tesoros se atrevían a bucear, un espasmo de una criatura tan grande que si surgiera del agua vaciaría el lago, hacía que Khaldun se sentara dos horas y pensara en dejar aquel apestoso y maldito lugar. A veces tres horas, y noches sin sueño, envueltas en el fuego del desierto entre sábanas sucias.

Después de ganarse sus cuatro miserias, Khaldun solía frecuentar un hediondo agujero de bebidas que algunos osaban llamar bar. Allí se reunía con otros indeseables, despreciados por las hadas buenas de la vida, y juntos pretendían interesarse por las historias mutuas y se daban palmadas en los hombros, con la cabeza gacha y la mente inutilizada por el alcohol de patata. Khaldun solía sentarse con Max, una especie de tipo duro venido a menos, con muchos años desperdiciados a base de puñetazos y patadas a las espaldas. Aquel tío había conducido un coche de los de verdad, no esas chatarras que quedan hoy en día, carburados por agua sucia a través de nosequé proceso químico que el fuego provoca en su barriga metálica. Max era un cabrón amargo, violento y feo, le gustaba Khaldun porque le recordaba a él mismo cuando fue un niño perdido.

También pasaba por allí aquel que todos conocían como el Martillo, pues siempre llevaba un martillo de herrero en el cinto y amenazaba con él a los mutantes que se sentaban en la esquina de aquel agujero siempre que entraba a través de la cortina grasienta que hacía las veces de puerta. Más tarde, solía perderse en diatribas despreciativas y soberbias sobre la vida y sus ocupantes, y terminaba solo, como todos. Los mutantes llevaban la cara cubierta por máscaras, generalmente, porque tenían pústulas y otros estigmas propios de las diferentes enfermedades que les hacían polvo, y que la gente llegaba al extremo de llamar mutaciones.

Las luces de neón tan solo dejaban ver lo que el dueño de aquella infección de lugar quería que sus clientes vieran, y en una esquina del cubículo, oscurecida a base de luces fundidas a propósito, se sentaba siempre un tipo con una gorra holgada que se hacía llamar Havoc. Havoc fue el maldito desgraciado que puso una piedra de *casiopea* por primera vez en las manos sucias de Khaldun.

Y por culpa de aquel hijo de mil padres conocido como Havoc, o *Estrago*, ahora desaparecido en la nebulosa de las memorias con su cara áspera borrosa, Khaldun hoy sabe cosas que no debería saber y que no puede olvidar. Y también sabe lo que es estar adicto a algo que no se quiere ni se debe tocar.

Aunque a veces, Khaldun mira el lado bueno y piensa que traficar con *casiopea* le da más dinero que jugarse la vida cada día en las aguas surcadas por horrores del oasis de Rajún. Y que fue gracias a los beneficios obtenidos en asociación con este tal Havoc (el infierno lo trague) que consiguió reunir la suficiente pasta para comprarse un varano del desierto. Y que fue gracias al varano del desierto que pudo abandonar aquel sitio de mal agüero para cruzar la llanura con sus alforjas y llegar a lugares del norte, que creyó serían algo mejores.

2.

Khaldun vive ahora a caballo entre tres asentamientos, aunque generalmente pasa la noche en una pocilga de contrachapado de un diminuto conjunto de infraviviendas llamado Destino 12. Allí no hay clientes, tan solo ancianos que recuerdan tiempos mejores y que pronto serán tragados por las arenas. Literalmente, pues el desierto crece cada año casi un metro, masticando los cimientos de las casas.

Para comenzar el día, ya bien entrada la tarde, Khaldun sube a la antigua torre del agua y se come un bol de semillas de cactus que su amigo Tristán le da en la trastienda sin que la sabandija que regenta el lugar se dé cuenta.

El jefe de este pseudo-restaurante se parece bastante, en opinión de Khaldun, a un sapo gigante. La avaricia y la gula le han hecho perder su aspecto original y su piel se arruga en pliegues verdosos en torno a un cuerpo hinchado y fétido.

Sin duda Khaldun prefiere la vida errante que le otorgan su madre la noche y su padre el estraperlo, a humillarse cada día e inclinar la cabeza ante el discurso de motivación matinal que el gran Sapo grazna antes de abrir el local, como hace Tristán. Amigos por las circunstancias y la cercanía de edad, pero siempre separados de formas irreconciliables por las ramificaciones vitales escogidas, piensa Khaldun.

A veces (pocas), su humor se detiene en remembranzas, y medita acerca de sus años pasados, intentando discernir si en algún momento se saltó una bifurcación de la que saliera un camino hacia la sencillez y el sedentarismo propios de la rutina. Al final de este camino recto, parecería hallarse ese merecido descanso y esa tranquilidad idiota de la que otros, como Tristán, parecen gozar en abundancia. Khaldun lo piensa a veces (pocas). Pero al final siempre se decide por la promesa de la noche, pues esta parece albergar todos los secretos de la vida tras su cortina de luces.

Después del extraño desayuno servido clandestinamente, Khaldun fuma un cigarrillo de margarita mientras observa el desierto desde la torre del agua. Todos los días lo mismo. El mismo cielo despejado y las tres Dunas humeantes a lo lejos, cada una trono y coto privado de caza de uno de los tres jerarcas de la región, en permanente guerra caliente contra los otros dos. Sus torres de hueso desvirgan el ocaso. Tres gigantes focos de poder mundano opuestos al puro cielo de la tarde, que parece querer erradicar su corrupción. Más allá están los pozos de petróleo, donde se libra otra guerra muy distinta, la que se lucha contra las criaturas fósiles, que siguen cobrándose como víctimas a gran parte de los jóvenes más aguerridos que huyen de las Dunas. Khaldun tendría mucho que decir sobre estas tierras del norte a las que casi acaba de llegar, pero prefiere callar su mente y disfrutar del cigarrillo con sabor a flores frescas, mientras dure.

Al cabo de un rato decide que es momento de bajar de la parra y empezar a ganarse el pan. Algo que resulta siempre tan jodido como el primer día en que se dio cuenta de que su vida iba a ser de las duras y se puso a recoger chatarra de un accidente espacial que había llovido sobre la arena de su pueblo. Nunca ha levantado cabeza del todo, ni siquiera con esto de la *casiopea* y la vuelta al comercio de la chatarra (siempre la chatarra). No parece ser capaz de enganchar ese tren de prosperidad que se le ha escapado en cada una de las etapas de su corta vida. Comprar más droga se come casi todos los beneficios de sus noches, cada semana, lo justo siempre, nunca una moneda de más. Esto piensa cada una de sus mañanas, que son tardes, cuando el descorazonamiento atenaza su ánimo y casi siempre le hace querer volver reptando a su agujero, a llorar sobre su almohada de paja.

Cuando la noche cae y Khaldun se ha fumado algún cigarrillo de más, no obstante, vuelve ese orgullo tan clandestino de los que llevan mala vida, y el tren hacia la felicidad parece verse a lo lejos en la oscuridad confusa. Empieza su caminata, siguiendo los postes, evitando las serpientes.

De noche, el calor se reduce hasta el punto en que es posible viajar a través de surcos precarios en la arena, pero por supuesto no se va del todo, y Khaldun se sofoca y tose como un muerto a cada poco. Todas las noches lo mismo.

Otros viajeros también emprenden su jornada junto con el viento nocturno que se levanta y juguetea con las dunas. Marchan hacia los diferentes puestos, cargados con diferentes vituallas, aunque ninguna tan preciada como la de Khaldun.

Por supuesto, él oficialmente no es más que un cartero, y tan solo lleva un saco de misivas falsas. Cartas en blanco que a diario van desde la colonia Destino 12 a las Dunas. Y vuelven. Sin dueño ni destinatario, como el propio joven que las porta. Cuando ideó su modelo de negocio se enorgulleció de su propio ingenio, y aún lo hace: las cartas no pesan, y nadie quiere robar cartas.

El niño del correo, ese es Khaldun durante su caminata, con la cara cubierta por una máscara de jade para evitar la arena en los ojos.

Khaldun el de la *casiopea* más pura. Khaldun el que roba desperdicios de los *constructores*. Ese es él también, cuando se alza en los tejados del mercado como un ángel salvador para sus clientes.

3.

Aun así, y pese al orgullo y ligero beneficio que otorga la fama, Khaldun se esfuerza por mantenerse lo suficientemente desconocido como para no despertar demasiado interés en los jerarcas o en sus arcontes. Casi nadie conoce su cara y opera siempre en la total oscuridad si es posible, o a través de clientes de confianza.

Entre ellos está Roy, un descerebrado que pinta bajo los efectos de la *casiopea* para vender luego su arte visionario pretendiendo haberse inspirado de forma natural. Planetas rocosos en llamas, selvas primigenias pobladas de pirámides negras inconcebibles, ciudades metálicas surcadas por bólidos que dejan estelas de estrellas. Roy compra para él y sus amigos, casi todos pseudo-artistas en busca de musas psicotrópicas. No suponen un gran problema, y nunca le piden que les fíe. Clientes así son un bien preciado y escaso para un camello.

Algo más peligroso es Badim, un auténtico varón de la noche, un explorador de todos los placeres conocidos en este y otros mundos. Él adquiere la droga para repartirla en sus fiestas y orgías, a altísimos precios, o a cambio de casi cualquier cosa que pueda imaginarse. Badim bebe, se droga y habla demasiado. A veces, durante alguna de sus fiestas, Badim habla de ese jovencito moreno que le trae la *casiopea* cruzándose el desierto por la noche. Otras veces, mira a las torres de los jerarcas desde su balcón, nublado por los cristales de colores, y gesticula obscenidades, esputa insultos y escupe saliva ensangrentada de sus labios morados, consumidos por el excesivo uso de la pipa de metal. Esto enardece a sus huestes de invitados, que más tarde se apresuran a abandonar al anfitrión, dejándole solo en su atalaya de locura.

Un día, los arcontes encontrarán la manera de librarse de Badim. Vendrán durante la noche y él desaparecerá para siempre. Khaldun lo sabe, y espera que a los que le torturen en las profundidades de las torres de hueso no les hable del jovencito moreno que ronda el mercado casi cada noche, con los bolsillos cargados de diminutas piedras rosas.

Los arcontes vigilan durante la noche, pero tambén dejan zonas estratégicamente fuera de su control con el objetivo de que el crimen y el tráfico de objetos y sustancias se realicen allí, y no en las zonas donde ponen sus ojos los jerarcas.

Con la *casiopea*, no obstante, la tolerancia parece casi nula. Muchos despiertan de sus travesías llenas de alucinaciones tan solo para descubrir que ya no se encuentran en sus casas o en sus locales de pipas de agua favoritos, sino en cámaras estancas llenas de aparatos dolorosos en el interior de las grandes torres de hueso. Esto no responde al objetivo de salvaguardar a la población de los efectos terriblemente nocivos que las piedrecitas rosas tienen sobre la mente, más bien parece que los jerarcas aspiraran a acaparar grandes cantidades de la droga, sobre todo aquel al que llaman Kha, el menos poderoso de los tres.

Khaldun no sabe con qué objeto estos gerifaltes del desierto desean la substancia, pero supone que esta es parte de alguno de sus experimentos, los cuales son siempre desconocidos y espeluznantes, tan solo rumores en las Dunas, historias para asustar a las viejas y los débiles de espíritu. Ellos, según se dice, fueron grandes científicos una vez, en el pasado. Y el pasado de los jerarcas ocurrió hace mucho tiempo, pues por todos es bien sabido que llevan muchos decenios prolongando su vida de forma artificial. Científicos de una sociedad pasada y un lugar lejano, quizá de las grandes ciudades del Oeste, o de las islas del Norte, donde existen sociedades utópicas en las que todavía se estudia y se pueden encontrar libros antiguos en subterráneos abandonados.

Pero los jerarcas están en guerra, cayeron en desgracia. Sus mentes fueron destruidas por sus propios egos y aspiraciones macabras, y todo lo que quedaba de su grandeza pasada se ha perdido en las arenas del desierto. Ahora reinan sobre grandes dunas que se levantan encima de las ruinas de ciudades enormes que nadie sabe quien abandonó allí. Y necesitan que los humanoides construidos de forma artificial con caras deformes conocidos como arcontes vigilen sus calles por ellos, e impongan su terror, pues solo eso les salva de los agentes del cambio.

Sus insectos eléctricos también vigilan, aunque estos lo hacen más como espías que como un cuerpo policial. Siempre escuchando desde los rincones oscuros, siempre observando con sus mil ojos de cristal. Khaldun está seguro de que alguno ya le ha hecho una fotografía en la distancia, aunque seguramente no sepan que es lo que guarda en sus bolsillos el niño del desierto. Si no ya habrían venido a quitárselo, y a hacerle desaparecer en los sótanos cavernosos de alguna de las grandes torres de hueso que dominan las tres ciudades.

Aun así, pese a las redadas de los jerarcas y la desaparición de yonquis y camellos, el circuito de la *casiopea* nunca se rompe del todo, casi como si alguien superior velara por él. La droga sigue apareciendo en cargamentos que llegan a los sótanos de los distribuidores desde lugares misteriosos, nunca revelados, para que estos la muevan como se deben mover las sustancias ilegales, con gracia. Si uno está medianamente al tanto, pueden encontrarse pequeños paquetes de papiro que contienen las piedras sin partir en los sitios más inverosímiles de las Dunas. Como entre los pliegues de piel reseca de los lagartos de carga del mercado (solo en los que los mozos han marcado con tatuajes, y solo en los días de la semana indicados por los símbolos). O en el interior de estatuillas religiosas huecas del Inmortal, que circulan entre las logias de los inmigrantes de Ishtar y son repartidas a los más ´fieles´.

Muchos han terminado viendo por fin a su dios gracias a estas estatuillas.

Khaldun ha escuchado que algunos magnates de la *casiopea* acumulan reservas de la droga incluso en los globos aerostáticos que levitan atados con cuerdas sobre las tres ciudades con el objetivo de hacerse con la humedad de las capas más altas de la atmósfera y condensarla en forma de agua. Cuando es hora de repartir un nuevo cargamento los globos se bajan de forma controlada mediante los sistemas habituales para recoger el agua. La droga literalmente cae del cielo.

Zato, el proveedor de Khaldun, opera más modestamente, desde las alcantarillas. Nunca solo, siempre distante, comunicándose con sus chicos mediante códigos marcados a cincel en las paredes de ladrillo. No tiene el gracejo que tenía Havoc, allá en los tiempos inexpertos del Oasis, pero al menos no rompe las piernas a los muchachos que han repartido menos, ni arroja a los que le deben dinero a los pozos de alimañas por donde cae la mierda de las Dunas, en el fondo de las alcantarillas, como hacen otros.

En cualquier caso, Khaldun es uno de sus mejores vendedores, y nunca tarda en volver a por más.

Por seguridad, y también en cierta medida por aburrimiento, Khaldun cambia frecuentemente el mercado o la agrupación desordenada de chabolas alrededor del que establece su ruta de reparto. Cambia de duna con una regularidad que solo él conoce, y si no va a la duna de Kin, donde viven Roy, Badim, y algunos más, va a la de Kha, y allí comercia con Calvin, Alfred y Sirilo, también buenos adictos y pagadores decentes. Y a veces también va a otras partes, expande el negocio. Explora los barrios que se apretujan dentro de los muros de chapa gris que rodean las Dunas y busca zonas donde se consuma la droga.

Khaldun otea desde los tejados bajos y ha aprendido prácticamente a *oler* la *casiopea*. Como si sus células fueran instigadas y palpitaran con excitación en cada rincón de su cuerpo al estar cerca de la sustancia y su consumo. Khaldun sabe si hay un adicto cerca. Busca ventanas encendidas a altas horas de la madrugada, o paseantes perdidos en eternas caminatas rodeadas de visiones en la oscuridad. Almas vagabundas, poetas, locos, visionarios. Algunos adictos arañan los muros en mitad del cuelgue. Escriben cosas que están viendo en un vano intento de recordarlas a la mañana siguiente y darles sentido, y para esto usan cualquier superficie a su alcance, y se destrozan las uñas contra las paredes de adobe o de óxido.

Estos símbolos son los que busca Khaldun en los barrios a los que se acerca por primera vez. Y una vez que los encuentra, es solo cuestión de tiempo que la *casiopea* de sus bolsillos atraiga al adicto o los adictos hasta él. Y las manos temblorosas le pasarán las monedas de cobre con un ansia enfermiza, como ocurre siempre.

4.

Khaldun es, además de todo lo dicho hasta ahora, un chaval guapo. De ojos grises y nariz larga, pelo pajizo con destellos de sol y de arena adheridos en cada mecha. Algo se esconde en su mirada descreída. Uno diría que si la terrible vida del desierto no hubiera hecho tanta mella en sus facciones de oriundo del sur, podría haber hecho una fortuna respetable siendo prostituto.

Pero con 15 años que tiene ya ha perdido dos dientes, de los que ya no salen más, y una cicatriz le surca la frente con poca gracia. Esto son pequeños recuerdos de la época extraña que pasó en la ciudad de los muertos, dónde las peleas con otros niños perdidos y con violadores y rateros de peor calaña se sucedían casi a diario en un carrusel de miseria.

Además, fuma tanto que su cara tiene el color amarillento del humo, y sus ojos siempre andan más o menos enrojecidos y surcados de venillas hinchadas debido al maltrato físico a que los somete su dueño. A veces, los dientes le duelen tanto que piensa que se le van a desprender de las encías como fruta madura, podridos y negros, con la textura de un plátano pasado.

Sería un milagro si Khaldun viera los 30 años, y eso le da una intensidad especial a su vida. Una extraña vitalidad que, aunque él no lo sabe, proviene del aliento de la muerte, que le sopla siempre en la nuca como un viento helado.

Antes de morir, a Khaldun le gustaría vivir una aventura de verdad. Le gustaría hacer algo en lo que poder pensar con orgullo de vez en cuando durante toda la eternidad, si es que aquello de las almas errantes y la vida después de la muerte existe, como dicen los predicadores ambulantes vestidos de blanco. Y la vida de un traficante de *casiopea* en las Dunas no es desde luego para aburrirse, pero Khaldun siempre ha querido ver algo que vaya un poco más allá. Algo que de verdad dé un sentido emocionante a su vida, aunque sea solo durante un par de días, lo que dura un cuelgue bueno.

Tuvo una sensación parecida a la que cree que necesita para ser feliz, aunque muy brevemente, cuando se encontró con un arconte especialmente violento de bruces en plena persecución de un ratón de hojalata que se había escapado del taller de un *constructor*. Khaldun pasó entonces de perseguidor a perseguido en un parpadeo. Y con la lengua apretada entre los dientes, se dio cuenta de que esquivar a aquella mole por los callejones de la duna de Khop bajo la luz de la luna le hacía olvidarse del ruido inquieto que turbaba generalmente su mente. Y se sintió algo más vivo que de costumbre durante los pocos minutos que duró la carrera.

Aparte de a otras cosas, Khaldun es bastante adicto a las emociones fuertes, y por eso se va a meter de cabeza en el lio que está a punto de ocurrir frente a sus narices.

* * *

Un día cualquiera acaba de terminar su vago tránsito, y de nuevo Khaldun se lanza al encuentro del golpe de la vida como un cuerpo inerte que poco puede hacer para luchar contra la corriente. Pero... resulta que hay algo diferente en esta noche, pues los jerarcas están invocando a los poderes del *Magique*.

Los tres se han encaramado en lo alto de sus torres, y por una vez, colaboran para invocar a potencias que les superan. Sus letanías resuenan en el vacío del firmamento, e incluso el viento parece contener la respiración ante lo que escucha. Todo lo demás parece calmo, pero algo está a punto de ocurrir. Y Khaldun lo sabe, de alguna extraña manera, antes incluso de comenzar su caminata hacía las tres grandes dunas.

Hoy ha salido tarde, y aprieta el paso hacia los tres faros que brillan en la oscuridad, en lo alto de las tres torres de hueso, esta noche más brillantes que nunca. Allí arriba, tres antiguos hombres que no son ya más que mentes hinchadas y envejecidas encerradas en cuerpos artificiales conservados mediante artes terribles están llamando a alguien. Y todo está en silencio en la duna de Khop, salvo el aire cargado de palabras malvadas, pues la gente se ha encerrado en sus casas.

Hoy no hay negocio. Ni siquiera los que dicen que se derretirían en sus camas como cuerpos sin densidad si no toman *casiopea* cada noche salen hoy para buscar a Khaldun. Debería haberse quedado durmiendo. Pero Khaldun piensa que todas las noches merece la pena darse una vuelta, porque siempre puede acabar ocurriendo algo interesante. Incluso una noche cargada de peligros que flotan en torno a sus brazos erizándole el vello esconde promesas de algo mejor, de algo de acción.

Hoy mira a las torres y siente un acojone que le remueve las tripas como un terremoto lejano y casi imperceptible. Khaldun nunca había presenciado una invocación tan activa. Los haces del *Magique* pueden prácticamente *verse* alrededor de las plataformas donde los jerarcas se colocan, en el exterior de cada una de las tres torres, a cientos de metros sobre el suelo en la noche eterna. Se remueven en la oscuridad como oleadas diáfanas de escarcha, bailando alrededor de sus maestros. O bien mirado, de sus esclavos.

Khaldun no sabe muy bien cómo explicar lo que es el *Magique*, pero si sabe que de alguna forma está relacionado con la *casiopea*. Pues esta noche sus bolsillos brillan, tiemblan, vibran, zumban, con cada despliegue de pura energía que barre el silencio del desierto.

5.

Khaldun empieza a sentir el miedo de verdad aproximadamente una hora después de haberse paseado por el callejón trasero de los *constructores* y haberse hecho con una increíble ave de latón pulido que había sido descartada tan solo por tener un ojo fundido, y que aún aleteaba ligeramente en el contenedor. El hecho de que nadie hubiera cogido aquello le ha producido un gran choque, pues sabe que hay otros niños que viven allí y siempre barren el callejón antes de que él pase, cogiendo los premios fáciles como este.

Siente miedo porque los toldos del mercado hoy no los barre el viento, porque no hay una sola alma en la calle en todo Khop, porque ha visto postigos cerrados en ventanas que siempre están abiertas.

Khaldun ha vivido otras noches de *invocación*, pero nunca había eso detenido a los maleantes, y mucho menos a los curiosos, que tratan de cazar palabras al vuelo de la arenga de sonidos imposibles que se arremolina en las noches marcadas sobre las Dunas y los pueblos colindantes. Hoy todos parecen saber algo que él ha ignorado, o ha olvidado, y tiene la desagradable sensación de que está siendo el último palurdo en enterarse de un secreto a voces. Como cuando todos saben que tu novia te la pega con otro menos tú, y lo comentan en voz baja cuando te das la vuelta.

¿Qué demonios es ese zumbido? Está por todas partes... Y las

piedras de *casiopea* tienen esta noche un brillo antinatural que no ha hecho más que aumentar desde que ha empezado su caminata.

La primera vez que se escuchó hablar del *Magique*, *casiopea* no existía aún, o al menos no había llegado al conocimiento popular. Fueron los jerarcas los que empezaron a flirtear con esta fuerza sobrenatural poco después de llegar a las ruinas al mando de sus cuadrigas de pesadilla, cuando sus huestes compuestas mayormente de deformidades hubieron subyugado a la escasa resistencia.

Vinieron juntos, y levantaron sus torres usando los grandes fósiles que encontraron bajo la arena. Fósiles de criaturas tan antiguas que nadie recordaba, y tan grandes que dejaron al descubierto las ruinas de una antigua ciudad al quebrar las dunas para ver la luz de nuevo. Construyeron sus torres con hueso pulido por las fuerzas supremas de la tierra. Ellos, de alguna manera, sabían de la existencia de aquellos restos bajo el desierto, tanto de la ciudad como de las colosales osamentas. El lugar había sido marcado.

Estos son hechos lejanos ya en el tiempo, malos recuerdos convertidos en historias para asustar a los niños. Cien años o más han pasado, y desde entonces los tres jerarcas gobiernan o imponen en la que es la única gran ciudad marcada en los mapas en el desierto sin nombre que ocupa toda la parte sur del mundo, hasta donde los mapas se han atrevido a llegar. Una ciudad ahora dividida en tres, y en guerra.

Con el uso del *Magique*, que les permitía acometer proezas extraordinarias, los jerarcas Kin, Kha y Khop, aún aliados, prosperaron. Y con ellos lo hizo la región. Como si contaran con el apoyo de un ente poderoso e invisible, un dios, los jerarcas predecían las lluvias, levantaban maravillosas construcciones durante la noche en torno a sus torres, y daban vida a criaturas innombrables para que mantuvieran sus dominios. La gente empezó a achacar todas sus proezas al *Magique*, aquellos haces vaporosos que brillaban en lo alto de las torres algunas noches.

Afianzaron su poder con años de injurias contra las gentes del desierto, e incluso el sultán de la Ciudad de los Muertos, el gran cementerio de otra era, aprendió a temerles y a evitar las cercanías de las Dunas. A todos los que pudieron, absorbieron, dominaron, y a los que no, los destruyeron, enterrándoles en maremotos de arena. Y poco a poco, aquella falsa prosperidad de la urbe de chatarra que iba ganando terreno a la arena atrajo a gentes como Khaldun. A los desheredados de las tierras cercanas y lejanas, aquellos en busca de un respiro en un mundo agonizante.

Pero aquellas urbes que se alzaban sobre las dunas y sobre las ruinas que había debajo (que aún sobresalían en algunos puntos como advirtiendo), estaban a todas luces malditas. En el aire de muchas de las noches más inquietas reverberaban voces llenas de gruñidos, seseos en el viento, portando maldiciones funestas de tres voces entrelazadas. Los hombres sabios se encerraban en casa durante aquellas noches, renunciando al valor, y dormían con un ojo abierto junto a sus mujeres e hijos. Los necios y los jóvenes valientes osaban escabullirse en las sombras, y espiaban a los arcontes vigilantes en su rítmico caminar, maravillados ante los cambios en la materia de los que el *Magique* era capaz. Las rocas se alzaban desde las profundidades provocando cascadas de arena. Y de los sótanos de las torres llegaban gritos horrendos alargados por la noche y por el eco, pues allí los jerarcas daban vida a criaturas a las que sometían a través del dolor.

Fueron tiempos oscuros, durante los comienzos del *Magique*. Pero las gentes del desierto habían visto épocas duras, sequía y huracanes, ataques de las grandes serpientes, epidemias, oleadas de muerte. Bajo el cobijo de las tres torres creyeron progresar, aunque fuera atenazados por el miedo.

Demasiados permutaron irreflexivamente libertad por protección. Y en menos de diez años las ruinas albergaban a miles de almas bajo un régimen despótico y cruel, algunos venidos de los confines lejanos y los mares, todos atraídos por los faros de las torres, que brillaban en la noche oscura del desierto.

Aunque los jerarcas se esforzaron con ahínco en ocultarlo, no fue desconocido el hecho de que los poderes del *Magique*, que generaban mediante artilugios experimentales e invocaciones de origen desconocido en sus torres, disminuían con el tiempo. Como si su fuente estuviera empezando a agotarse, los haces nocturnos perdieron fuerza y brillo, y los gritos de los invocadores se hicieron más fuertes y desesperados. Los arcontes que eran destruidos en ataques o accidentes empezaron a ser substituidos por versiones más deformes y defectuosas. Las construcciones disminuyeron en tamaño y esplendor, y cada vez pasaba más tiempo entre las noches en que las volutas de energía pálida revoloteaban alrededor de las torres y se escuchaban los cánticos de poder.

Lo que quiera que fuera lo que había prestado su poder a los jerarcas se esfumaba, y aquello tan solo les volvió más crueles. Pues cada vez era más difícil alcanzar las cotas necesarias de miedo que congelaran cualquier embrión de disidencia o alzamientos. En el desierto es difícil imponer la palabra y la autoridad a través de la confianza y el respeto, el miedo suele funcionar siempre mejor, y no entiende de naciones o credos.

Lo que hicieron los arcontes en los años que siguieron solo lo saben los anales del horror universal, pero los que vivían en las alcantarillas de las Dunas contaron que los cadáveres que bajaban con la corriente de desperdicios se multiplicaron hasta casi cegar y envenenar los grandes pozos de las profundidades. Apenas terminaban de limpiar y cremar una oleada de cuerpos cuando más jóvenes torturados y con el alma arrancada de sus despojos bajaban flotando en multitudes, como aciagas embarcaciones a la deriva por los canales y desagües.

Max le contó muchas de estas cosas a Khaldun. Y el padre de Sirilo, gran poeta loco y adicto, fue uno de los que los jerarcas colgaron boca abajo de sus torres durante semanas, para escarmentar a aquellos que osaban tratar de excavar túneles desesperados hasta sus bodegas de mercurio y de *magique*.

Y de vez en cuando las torres volvían a brillar, y el viento arenoso se esfumaba porque la noche volvía a contener el aliento.

Khaldun recuerda todo esto y siente miedo. Mucho miedo. Y no del que estimula y nubla la mente con destellos de adrenalina y valentía, sino miedo del que hace que un niño que ha visto de todo como Khaldun sienta como si una mano fría le revolviera las entrañas, y anhele resucitar el abrazo de su madre.

Al mirar con ojos pasmados a lo alto de las torres, en el estómago le aparece la sensación devastadora de que hay vacíos en el universo que albergan horrores que la mente prefiere ignorar, pues su leve roce supone la locura. Y es que el canguelo proviene no de los jerarcas esclavos que reinan sobre dominios mundanos y cantan a la noche, sino de los maestros que mueven sus hilos, y que nadie puede conocer ni comprender, tan solo intuir y temer.

Mientras estas alarmas mentales resuenan con un eco heredado que llama a la supervivencia, en su estado de ensimismamiento y parálisis aterrada, escucha como una de las voces crueles se alza sobre las otras dos. Varios chillidos anhelantes y entrecortados provenientes de lo alto de la torre de Khop resuenan con ecos metálicos entre las chabolas cercanas.

Khaldun se sobresalta, corre. Salta al callejón cercano levantando una polvareda y se esconde entre un puesto ambulante desierto y un montón de inmundicias, agazapado como una alimaña reducida a su instinto más primario. Allí respira hondo. No entiende bien lo que le está pasando, pero desearía que su madre o su padre, o quién demonios quiera que se tomara la molestia hace unos 15 años de acometer los procedimientos que le trajeron a este mundo, estuviera allí escondido con él y le reconfortara.

Nunca le habían atravesado sensaciones como las que le desbordan ahora: toda su confianza de joven ladronzuelo experimentado se desmorona ante las voces, como arena mojada. Las piedras siguen brillando y zumbando en su bolsillo, cada vez con más intensidad. Si no fuera porque lleva la mano apretada contra ellas desde hace rato, el fulgor ya podría haber atraído a alguno de los insectos eléctricos que avisarían al arconte de patrulla por la zona.

Para colmo, se da cuenta entonces de que la *casiopea* le está colocando.

Está apretando tan fuerte las piedras que el calor característico que se transmite a la mano cuando estás se acercan al fuego ya le está subiendo por entre los dedos. Con ese cosquilleo que tan bien conoce. Pero no puede parar, evidentemente, pues en eso consiste la adicción, y ante la pregunta eterna de las tentaciones y el camino hacia la perdición, la respuesta siempre ha sido un *sí* rotundo para Khaldun. Un insensato dejarse llevar.

Al cabo de un rato de absorber la calidez narcótica de la *casiopea* su mente despega hacia otros lugares, y se pierde el contacto con la realidad.

6.

Empieza entonces el viaje más vívido y enloquecedor que Khaldun ha tenido nunca. Pues esa noche las rocas parecen haber multiplicado su poder revelador, y las dunas están bañadas por un resplandor rosado que nunca se había visto antes.

Nada más empezar, Khaldun sabe que todo lo que rodea a este cuelgue está fuera de lo normal. Al menos de lo que él considera que es lo normal en su escaso conocimiento de la droga sobrenatural que consume.

Lo primero que ve es una cara femenina, cercana, de mirada afectiva. Conocida. Y él piensa que debe de ser su madre, el primer rostro que le miró a su llegada a este mundo. Pero no es capaz de acordarse, y solo la ha visto en estados alterados de la mente, pues su madre le abandonó muy pronto y para siempre. El gran rostro contiene la calidez y la bondad de la naturaleza, requisitos de madre, en sus facciones y en su piel suave. Le mira y le comprende con generosidad solo alcanzada a través de la descendencia, de la que transforma a la mujer en ángel. Esta vez, además, y es por eso que Khaldun siente la intensidad de su viaje y se ahoga en un gran miedo, puede ver grandes planetas en los ojos de su madre. Planetas y estrellas de una noche milenaria, vistos desde algún lugar que sin duda no es su mundo. Girando en torno a las pupilas profundamente verdes de aquel rostro.

Y resulta que lo que está mirando entonces no son unas pupilas sino un solo lago verde donde ambas se han fundido, con el agua espesa de raíces y plantas desconocidas. Un lago enorme en el centro del universo donde algo parece moverse bajo la superficie: tres figuras femeninas, como sirenas, sumergidas hasta los cabellos rubios, que se retuercen sobre sí mismas en aparente dolor, realizando tirabuzones llenos de gracia. Son las madres de la creación, supone Khaldun, en su eterno conocimiento.

Goza ahora de la altruista sabiduría primaria de los cristales, insuflada como un vapor que se propaga llenando los vacíos de su mente. Maravillado, él las ve cantar. Sus pensamientos se expanden con sonidos que escapan de las escalas mundanas y vuelan más allá, como harpas y laúdes, violas y trompetas del universo acompañados de coros incontables. Y de su música armoniosa surgen los temas entrelazados, sin fallos, las melodías alternadas y entretejidas que lo llenan todo, desde las alturas a las profundidades, con los resultados de la creación. En el origen, ante sus ojos, el vacío deja de serlo.

Pero cuanto más las mira, a estas Madres cumpliendo con su música en la alberca verdosa de aguas intranquilas, más miedo siente por ellas, pues hay también en el estanque intemporal tentáculos enormes y otras cosas malvadas en las partes más profundas. Y cobran fuerza, sin producir sonido alguno, envidiando las maravillas que se desbordan del estanque con la música, y con el eco de la música, como una sábana colorida sobre el vacío a su alrededor. Y se producen revueltas, turbulencias, estragos acuosos y remolinos que succionan con la fuerza de un dios. Y al final, en una lucha que se celebra entre fuerzas incomprensibles, los tentáculos ganan y hunden a las Madres sirenas para siempre en las profundidades del estanque original. Y la oscuridad empieza rápidamente a derramarse del agua, a surgir como una telaraña incontestable del estanque, manchando la música que ahora reposa, trayendo discordancia a la armonía.

La mancha se extiende hacia los planetas, las estrellas, y las otras muchas cosas que han aparecido en el universo de aquellos ojos. Y en cada sitio sobre el que pasa como un aliento pérfido y silencioso, un tentáculo se separa de la red que se va tejiendo y reproduciendo, y toca una parte del mundo, o de la estrella, o del mismo hueco vacío y negro. Y toda luz se vuelve débil y titilante ante el leve roce de la oscuridad y queda corrompida para siempre, indefensa la creación sin sus Madres, y en la tierra queda plantado un mal que nacerá milenios o millones de años más tarde, y que es el embrión de una criatura.

En cada mundo queda una semilla de esta oscuridad portada por tentáculos confusos, y esta será ya siempre la guía de todas las desgracias y las catástrofes que ocurran en los universos que se forman alrededor del estanque. La portadora de la miseria y la inquietud. La oscuridad que corromperá los corazones mediante susurros y será la perdición de todas las criaturas y de la luz del cielo. Y se halla encerrada en el cuerpo de seres descomunales, deformes, enterrados bajo la roca o el fuego.

Pero como la sombra del mal no puede existir sin la figura del bien que la proyecta, a la que ha destruido en un arrebato traicionero, pronto la mancha se debilita, y es solo el caos remanente lo que permanece sobre el joven universo: El ruido estruendoso y cacofónico que ha quedado como una vibración antinatural en el vacío, nacido a base de presiones atómicas producidas por el gran choque entre fuerzas creadoras y destructoras, entre la música y el estrépito, que provocó aleatoriamente el universo. El choque al que algunos darán el nombre de Big Bang, y que Khaldun ahora presencia y comprende tan solo a medias.

Las Madres tenían otros planes, pero ahora el universo ha sido desmadrado, como Khaldun, y tan solo podrá vagar a su libre albedrío, sin Bien, ni Mal, sin guión ni un rumbo claro. Tan solo oscurecido por el gran Caos, la fuerza intermedia, niveladora, que azarosamente decidirá sobre todo, y cuyas encarnaciones físicas se hallarán siempre enterradas, depositadas allí por el gran torrente sin control que trató de manchar el mundo como una telaraña tras la batalla del estanque original. Y al crecer la maraña, y al morir esta, caótica, incierta, también crecieron los huecos donde la luz pudo renacer poco a poco, y hubo esperanza. Sobre las semillas enterradas por el caos, olvidadas pero siempre presentes, surge la vida, como un milagro inesperado.

Khaldun observa todo esto desde sus ojos magnánimos, como el que asiste a una representación de la vida y la muerte por enésima vez. Pero la visión del origen es tan solo un respiro en la carrera sin aliento en que se ha convertido su viaje. Y después vuelve el pánico. Su asiento se debilita y se suelta de unos soportes que no existen. Vértigo infinito al mirar hacia abajo. Abróchense los cinturones, se aproximan turbulencias.

Cae entonces con gran precipitación en los ojos de aquella mujer que ya no está tan seguro de que sea su madre, en los que ha visto reflejados lo que cree que fueron los choques de fuerzas originales que dieron lugar al universo. Y entonces va a parar a uno de los mundos, al parecer de forma totalmente aleatoria. Se desliza desde la nada al mundo de lo físico, y ve cosas que le parecen más reales. Se tranquiliza un poco, respira hondo con los pulmones de su mente.

Se encuentra con que mucho tiempo ha pasado, y el mundo es un mundo vivo ya, en el que las criaturas se mueven y habitan junglas y océanos que han crecido a su libre albedrío, sin la mirada y la guía de sus creadores. No hay ni rastro del desierto que es lo único que él conoce (él, el niño de verdad, que ha dejado de ser al tocar unas piedras que no debió tocar), así que Khaldun piensa que aquel no debe de ser su mundo. Nunca ha visto selvas ni mares, ni criaturas tan grandes como las que ahora desfilan ante sus ojos desorbitados, así que es imposible que haya podido generarlas tan solo imaginando, de la nada. Khaldun nunca ha sido un niño imaginativo ni con mucha capacidad para crear fantasías, no ha tenido tiempo para eso. Su conciencia en cambio vuela ahora sobre una nítida fantasía, pues es suya, del niño, y al mismo tiempo no lo es del todo.

Avanza por aquel mundo joven a velocidades imposibles de

concebir. Ve las primeras ciudades junto a los primeros grandes lagos: torres negras que vienen a su encuentro, sin ventanas ni balcones, demasiado altas.

Pero cuando se queda de verdad boquiabierto, ojiplático, si es que aún tiene una boca, o unos ojos, es al ver a los habitantes supremos de este mundo. La evolución salida del agua original, y después completada en estos seres, el ápice de la vida en este planeta. Pobladores de ciudades de basalto, constructores de torres, conquistadores de selvas, montañas y océanos. De tamaño descomunal, su forma es triangular, y en lugar de cabeza puede verse tan solo una diminuta esfera carnosa sin ojos ni boca. Verdaderos horrores de movimientos lentos y vagos. De color negro, o gris, y sin ningún ropaje, aquellas criaturas primigenias pasean su dominio ocupados en quehaceres antiguos, muy despacio.

Tan solo portan un elemento destacado fuera de su cuerpo de apariencia viscosa. Una piedra rosada en su parte más elevada, que flota sobre ellos, un diminuto círculo adherido a su apéndice lobulado superior, a su ojo. Es apenas apreciable, pero Khaldun lo detecta en su brillo rosado porque sabe lo que es. *Casiopea*, en su forma más pura y antigua, otorgadora de poderes en los que estos primeros dominadores se sumergen sin límite ni humildad.

Con su conocimiento y capacidad para ver más allá de lo que los ojos ven, Khaldun percibe también una gran maldad que ha corrompido a estos vetustos pobladores de la tierra salvaje. Una ambición insaciable por el progreso y el conocimiento, por acelerar la magna evolución que les ha caído desde los eones del tiempo. Quizá quieran alcanzar formas sólidas más estéticas, pues en su estado actual su mera contemplación causa náuseas. Pero Khaldun sabe rápidamente que eso no es lo que buscan. Pues carecen de lenguaje, de arte o estética, y tan solo beben del mundo en el que han medrado, y consumen a otras razas, sin causa ni motivo aparente más que prolongarse en el tiempo, vencer a su propia extinción. Su ansía de conocimiento tan solo es una respuesta al interés exacerbado por no morir y desaparecer.

Y quizá algo aún más oscuro y antiguo haya insuflado a estas criaturas esa ambición, que ennegrece su alma y les convierte en el azote de otras especies menos desarrolladas que cohabitan su mundo. Quizá estos seres no sean más que títeres orquestados por un mal mayor. Esto Khaldun tan solo lo intuye, pues hay cavernas de conocimiento a las que incluso *casiopea* teme entrar. Y el saber que todo el caos remanente del universo, surgido en el principio de la gran maraña oscura que desembocó del choque de la creación y la destrucción, pueda estar enterrado, durmiente, a la espera, ejerciendo su influencia desde lugares ignotos de la existencia, es demasiado.

Lo que sí es verdad, y Khaldun lo está viendo ahora, es que estas criaturas triangulares y viscosas han construido templos con grandes rampas y formas y ángulos que para la física y los materiales que Khaldun conoce son totalmente imposibles. Y en esos templos no se atreve a entrar, pues dentro ocurren cosas que es mejor no ver ni saber, pues quizá una vez vistas no se puedan des-ver, y una vez sabidas no se puedan olvidar. Los gritos de adoración resuenan, no obstante, en todas las junglas, y en todo el aire contaminado de este mundo antiguo. ¿Ante quien se postran seres tan poderosos, que con un pensamiento pueden hacer y deshacer? ¿Qué horrores y verdades les ha mostrado la *casiopea* que llevan adherida a su propio cuerpo?

Khaldun se ha distraído con estos pensamientos conformados por hebras y esquirlas de absoluto terror, observando las rampas que descienden de los templos hacia profundidades ignotas desde las que parecen ascender vientos cargados de comandas siniestras. Se ha quedado flotando en mitad de una plaza gigantesca de piedra negra, invisible y sin estar realmente allí. En el centro se alza un monolito, una mole deforme que parece brillar con negrura. Y en lo alto hay un vigilante, una criatura sin ojos que porta una suerte de casco hecho de piedra rosada, con talladuras que parecen formar algún tipo de lenguaje de líneas cáusticas, horizontales y verticales, impresas a fuego.

Y como Khaldun está distraído con sus preocupaciones, que en realidad no son suyas ni le pertenecen de ninguna manera, la no-mirada del vigilante cae sobre él con la fuerza de una mente poderosa. Y con un tremendo sobresalto, Khaldun se da cuenta de que es visto, es presentido, o adivinado. Su presencia en el aire, como una voluta de cristal que refracta la realidad. Y allí y entonces, en ese lugar de pesadilla rodeado de torres negras y pirámides de alabastro, en el pasado inmemorial, el vigilante emite un chillido.

Se sufre el sonido de una terrible estridencia inaudible, que traspasa las mentes de todos sin entrar por ningún oído, pues oídos allí no hay. Y todas las criaturas viscosas sin ojos se detienen, y lentamente se giran para mirar a Khaldun, para verle. Y entonces todas emiten aquel chirrido maléfico y discordante, un sonido del pasado, proveniente de las épocas extrañas de un planeta joven en el que habitaban criaturas surgidas del delirio. Khaldun siente que el miedo le deshace las entrañas, y una esquirla de locura se le clava en la mente para siempre. Su conciencia alterada, que ha llegado hasta allí guiada por un hilo o cabello invisible que le conduce por una suerte de raíles mentales, o algo así, empieza a agitarse y a tratar de escapar. Su mente patalea. Como cuando se quedaba sin aire en alguna parte profunda del oasis de Rajún y tenía que pelear para que sus piernas buscaran la superficie y la salvación del respirar. Solo que ahora no depende de sus piernas, pues piernas no tiene.

Por suerte, antes de que las criaturas puedan atrapar su mente con tentáculos invisibles, el hilo de *casiopea*, que parece obrar por propia voluntad, se repliega. Ha bajado demasiado hacia las profundidades del tiempo y del espacio, y es hora de retirar el anzuelo pues demasiadas visiones han sido pescadas del fondo. La realidad se distorsiona y luego se deshace como una acuarela a la que se le ha aplicado excesiva agua, y todo se acelera, el mundo vuela de nuevo alrededor de Khaldun. Las plantas se marchitan y se mueren, los mares se secan, el mundo se agota por primera vez, y la raza maligna que lo ha consumido todo asociándose con poderes eternos desaparece. Pero no ocurre así con sus pirámides y sus torres enormes; estas permanecen en la tierra baldía. De basalto y de alabastro, rocas malditas.

Si bien, poco a poco, con el transcurso de los eones solitarios del mundo, la arena de un desierto sin nombre las conquista y las cubre. Y tan solo el pináculo más elevado de la torre más alta, donde habitaba el gran rey viscoso que dominaba a aquellos pobladores desaparecidos, surge ahora de la arena, alzándose solo unos pocos metros, como una roca más del desierto. Solo que es una roca negra, muy negra, como el vacío del universo, de inquebrantable basalto perteneciente a épocas del mundo que han sido olvidadas.

Khaldun, y esta vez sí, él, el niño perdido del desierto, ha visto esa roca extraña. En las nieblas de su propia memoria existe esa visión, real, y no traída por substancias incomprensibles y enloquecedoras. Y ya por aquel entonces, cuando viajaba montado en un varano entre el oasis de Rajún y las dunas del norte, cuando se encontró con la piedra, su negrura corrupta llamó profundamente su atención. Y si no se paró ni se acercó a tocar la superficie totalmente lisa con la mano fue porqué algo profundo en sus entrañas, un miedo que nunca había sentido ni luego volvió a sentir hasta la noche que nos ocupa, le dijo que allí no debía pararse. Y que si aquella roca era mucho más negra que las demás, y de apariencia redondeada y antinatural, no era él quién para preguntarse el porqué, ni para indagar nada más. Él, el niño que huía del oasis de su juventud portando tan solo un hatillo con mendrugos de pan.

Y siguió su camino, pero aún se acuerda de la roca negra, y ahora su memoria aparece mucho más nítida que nunca, y cargada de significados que antes se hallaban ausentes como piezas de un puzle incompleto. Y algo, quizá la *casiopea*, el hilo impredecible que le ha llevado de paseo por aquellos lares del tiempo, le dice que ahora puede que sea el momento de volver hasta allí. Que quizá haya llegado por fin la hora de empezar a hacer las preguntas que nunca antes se ha atrevido a hacer.

7.

A la mañana siguiente, Khaldun no recuerda casi nada.

Como es habitual con la *casiopea,* diminutos brillos de conocimiento quedan adheridos a la mente como las estrellas inquietas que parecen verse durante unos segundos cuando se cierran muy fuerte los ojos y luego se abren a la luz. Pero el hilo conductor se ha perdido. El cabello del guía que unía los puntos del camino recorrido por las ilusiones incorpóreas de los cuerpos ya no está, y no se puede encontrar, por mucho que se pasen las horas con los dedos como garras sujetando el cráneo por las sienes, tratando de revivir los derroteros de la mente viajera. Y se pasan, estas horas, y estos días, hasta la locura.

Pero está vez es diferente, esta resaca tiene algo más. Como ya se ha dicho, la *casiopea* había refulgido especialmente en la madrugada de las Dunas, quizá llamada por las invocaciones de los insensatos jerarcas en sus torres. Su potencia había aumentado en aquella noche de cánticos y salmos impronunciables que debieron haber permanecido a buen recaudo en las bibliotecas más prohibidas de sus conjuradores. Antes incluso de ser consciente de su propio cuerpo y del espacio que le rodea (una habitación extraña con muebles viejos de mimbre en la que nunca había estado, por cierto), en la mente de Khaldun aparece una imagen persistente y nítida: la de una roca negra solitaria en mitad del desierto, rodeada de las arenas rojizas características de la región ilimitada de Bar-dur, al sur, y al este. Redondeada, sobada por el tiempo, formada por materiales nunca vistos en el desierto sin nombre.

Pese a la tenacidad de la imagen, refulgente entre el caos de sus residuos mentales, Khaldun trata de concentrarse en el tiempo y el espacio presentes. Según recupera la autonomía sobre su cuerpo y su mente, trata de sondear el espacio que le rodea y de estirar sus extremidades en busca del regreso de sus capacidades motrices.

Parece que alguien ha recogido los despojos de Khaldun que la *casiopea* abandonó como un depredador saciado en algún momento indeterminado de la madrugada, y ha tenido la consideración de no violarle, golpearle, maniatarle o asesinarle. Khaldun no siente dolor en el cuerpo, aunque sí en la mente.

En cuanto recupera el control de sus funciones, abandonado por el sueño y recogido de nuevo por la alerta constante, se lleva la mano veloz al bolsillo. Las diminutas piedras rosáceas siguen allí, ahora frías y en apariencia muertas, en reposo.

Un anciano aparece entonces avanzando lentamente a través de una apertura en la sala, con una entrada ceremoniosa y planeada a través de una cortina de cuentas doradas que emiten un murmullo.

—Hola niño —dice, casi susurrando, con voz débil, vieja.

Khaldun piensa entonces rápidamente, ya del todo despierto, con las brumas espesas del viaje narcótico más despejadas aunque no del todo evaporadas. El hecho de que el anciano le haya recogido de la calle (supone) y le haya dejado dormir tranquilamente sin violarle, golpearle, maniatarle o asesinarle, no significa que no lo piense hacer ahora. Quizá prefiera hacerlo con la víctima despierta, disfrutando más al ver el miedo desorbitado en sus ojos conscientes.

No obstante, si aquel anciano vestido con una túnica holgada y blanquecina está solo, como de momento parece, Khaldun podría reducirle fácilmente. No parece rival para sus patadas en los cojones y sus veloces carreras.

El anciano observa enseguida la inseguridad y desconfianza en su joven huésped, arraigadas por años de vida difícil, traiciones, chanchullos, pobreza, hambre, dolor, peleas y demás miserias. Lo comprende, pues es sabio, y no se acerca más al niño, evitando hacer movimientos bruscos o que puedan invitar a la sospecha.

—Quizá, si te ofrezco un vaso de agua recién filtrada, eso aplaque tus instintos de desconfianza, niño.

La boca de Khaldun está reseca y llena de arena, ha debido de pasar abierta en expresión total de pasmo durante gran parte de la noche, en un callejón barrido por el viento del desierto. El abuelo tiene razón, un vaso de agua calmaría a Khaldun, y es la primera vez que tiene acceso a agua filtrada en los últimos meses. Acepta de mala gana, con un gesto apremiante mal educado y girándose en el camastro improvisado para no mostrar su cara débil, exhausta, al anciano desconocido. Le siente irse, sabe que no podría acercársele en silencio ni aunque quisiera, su respiración es demasiado fuerte.

Cuando el hombre de la túnica vuelve con el agua en una taza de barro Khaldun no tiene más remedio que girarse e incorporarse un poco para recibir el preciado líquido. Es entonces cuando se da cuenta de que el anciano tiene una mirada afable, que no parece forzada, con unas cejas pobladas que se han quedado paralizadas en una eterna posición bondadosa e ingenua, y una barba rala y blanca, similar a su cabello revuelto. Una cara sin demasiados aderezos, acorde con el resto de su atuendo, etéreo. Le recuerda a uno de esos profesores o filósofos que a veces se arremolinan en el zoco agitando sus manifiestos llenos de verdades absolutas, queriendo mejorar el mundo a base de gritos airados. Muy extrañado, Khaldun bebe con gran avidez hasta la última gota, traga y se relame los labios húmedos, después pregunta aturullado, sin pensar o planear lo que dice.

—¿Quién diablos eres tú, y qué diablos hago aquí?

El viejo se ha sentado frente a él y se está preparando una pipa de manzanilla.

—Veo que empiezas a estar más despierto —dice sin mirarle, con voz calmada.

Khaldun barre la habitación por enésima vez en busca de vías de escape. Aparte de la puerta con la cortinilla de cuentas doradas, entrada o salida hacia quién sabe dónde, no hay otra apertura en los muros de adobe o en el tejado de chapa. El anciano habla con pausas entre las frases, despacio, como si le costara trabajo. Hay algo extraño en su voz, esta parece venir de un lugar más escondido que su garganta. Al chico le suena más bien como un ronroneo ronco generado en su estómago hueco y resonante, pero eso es imposible.

—Repón fuerzas, niño, tienes suerte de que te haya encontrado... Y pocos gozan de suerte en este rincón del mundo. Anoche pasaron cosas terribles. Grandes redadas, arcontes reventando puertas, mujeres arrastradas por los pelos. Y por algún tipo de milagro tú acabaste aquí en lugar de una celda o en una cámara de tortura. Qué suerte...

Y mientras fuma la pipa como si le fuera la vida en esas caladas pastosas, con grandes bocanadas y labios temblorosos, su mirada cansada recae sobre Khaldun con cierta complacencia. Satisfecha, como la de un jornalero que se sienta por fin en su porche tras un extenuante día.

—¿Redadas? ¿Qué buscaban, viejo, qué buscaban anoche desde lo alto de sus torres?

—Las visiones, por supuesto. Las que tú tuviste, tengo entendido —el anciano ladea la cabeza y cierra los ojos, como si no tuviera interés en observar la reacción de Khaldun ante sus palabras—. Puedes llamarme Iago, por cierto, aunque he tenido otros nombres.

De repente, un sonido amortiguado que viene desde arriba hace que Khaldun tenga la sensación de que están bajo tierra, en algún punto indeterminado del subsuelo de la duna de Khop.

—Las visiones de anoche fueron más intensas, ¿no es eso cierto? —continúa el viejo.

Khaldun no quiere hablar de un tema tan delicado con un desconocido total, se da la vuelta. Las visiones le pertenecen a él, solamente.

—¿Puedes negar que cuando te encontré casi no respirabas, con la boca desencajada y los ojos en otra parte, y el terror como un veneno paralizando el cuerpo? Dime, niño, lo que ya sé —el viejo ha alzado el tono. Y Khaldun es recorrido por un escalofrío que atraviesa su cuerpo como si de repente su corazón hubiera decidido bombear una oleada de sangre congelada.

Algo que no es suyo aparece de improviso en el interior de su cabeza. Proviene de las visiones que ha olvidado, pero no lo puede ver del todo, pues está oculto tras un velo que su mente ha deslizado automáticamente sobre el horror de la verdad para proteger a la cordura. Tan solo por un instante, un elemento de otras esferas empuja ligeramente el velo desde el otro lado, y Khaldun entonces imagina una roca negra, en mitad de una explanada de arena. Y hasta las dunas parecen evitar el contacto con ella, y surgen hacía afuera, escapando, como si el viento que las ha formado proviniera del centro del gran claro donde se oculta la roca, entre otras muchas piedras normales del desierto. Pero Khaldun no recuerda lo que es aquel saliente formado por ángulos que no pertenecen a la naturaleza, pues el significado que la *casiopea* le otorgó también se lo arrebató luego.

Ante el silencio del niño, ahora más perdido que nunca, con la mente errando en parajes peligrosos, el abuelo habla.

—¿Qué ves, joven, qué crees recordar?

—Un lugar... —Khaldun habla más para sí mismo que para su interlocutor—. Un lugar en el que he estado. Creo. Lejos. En el Gran Sur.

Los habitantes de las Dunas llaman así al vasto desierto que se pierde a la derecha del amanecer, pues para ellos allí solo está la gran nada, y nada más.

—¿Dónde, en el gran Sur? —el anciano ha dejado la pipa para escuchar con más atención, y la manzanilla se consume en el centro de una nube de humo aromático.

La marcha de Khaldun desde el oasis donde empezó su historia había durado unas seis semanas. Semanas de penurias y encuentros con serpientes, y con nómadas del desierto. El recorrido nunca estuvo muy claro pues para un chico que por primera vez se alejaba más de un día de su horizonte conocido, las nociones de orientación en el desierto a través del viento y las estrellas nunca habían supuesto grandes materias de aprendizaje.

A las pocas semanas, perdió el rumbo. Y aunque el sol siempre descendía a su izquierda al empezar sus caminatas hacia el norte, junto con la noche, cuando el alba despuntaba en el día nuevo era su frente lo que atizaban los primeros rayos poderosos de luz y calor, pues había sin darse cuenta girado hacia el este hacía quién sabe cuántas horas. Y en el este nada había tampoco, solo la desolación eterna de la arena, y más allá, las junglas.

Khaldun giraba y giraba, y siempre sus pasos parecían llevarle irremediablemente al este, hacía el cuadrante vacío de vida que se sentía en la lejanía como un eco sólido. Y así dio con la roca. En la luz bruñida del alba, cuando buscaba un lugar donde excavar un agujero para protegerse de las inclemencias del día, la creciente claridad le mostró una gran explanada sin grandes dunas o elevaciones. Con piedras aquí y allí, esparcidas, grisáceas, y pequeños montículos de arena batida escapando del centro en todas direcciones. En el medio justo, aquella enorme roca negra.

Tan mala sensación le dio aquel lugar que maldijo todo lo que supo e incluso con el día amenazante sobre su cabeza siguió caminando, cambiando el rumbo hacia el norte con zancadas temerosas, y acampó unas horas más allá.

Durante el día, sintió miedo. Un miedo extraño que no provenía de nada que se pudiera ver, escuchar, oler, o siquiera sentir, emponzoñando todos sus derroteros mentales, privándole de todo sueño. Por aquel entonces lo achacó al cansancio, y quizá al comienzo de la locura que la soledad y el sol cruel causan a los viajeros del desierto.

Los primeros escollos de la demencia, asomando lentamente su deformidad ante la retirada de las nubes protectoras de la razón.

Y en cuanto el sol comenzó su penoso descenso, Khaldun apretó el paso hacia el norte, y ya no se perdió más. Y al cabo de una semana vio a lo lejos la brillante torre de Isil. Allí los Doraeos, que son negros como el betún, le indicaron que si continuaba una semana más hacia el norte se encontraría con las tres Dunas y las ciudades antiguas sobre las que se asentaban, pero también le advirtieron que no debía ir allí en busca de prosperidad, pues solo ruina había. Como jamás querría volver sobre sus pasos, y los Doraeos no eran gente que alargara las bienvenidas, Khaldun continuó. Desviándose (esta vez a propósito) para contemplar las noches eternas de la célebre Qantir, capital de los vicios. Y dando más tarde con sus huesos maltrechos en la Ciudad de los Muertos, que al principio creyó que era Khop, y donde enseguida se dio cuenta de que no duraría mucho.

—Al sur, y también al este... Cuando viajaba para encontrar un sitio mejor. Me perdí. Encontré un lugar... extraño... Pero no sé por qué recuerdo eso ahora...

—Porque las piedras que tú llamas *casiopea* te han hecho recordarlo. Allí sin duda debe de haber algo importante —el viejo vuelve a fumar mientras asiente lentamente, y se recuesta con un chirrido de la silla.

Khaldun vuelve en sí tras unos minutos de silencio perfumado. Ha estado ensimismado con el recuerdo de su viaje, y con las visiones, que también son recuerdos pero no provienen de su mente.

—¿Y ahora qué? No puedo recordar nada más. No sé qué significa. Y debería estar volviendo a mi casa, si no aparezco por allí en todo el día se la darán a otro, y me quedaré sin un lugar para sobar.

Iago menea la cabeza lentamente, y lo que a Khaldun le parece una sonrisa amarga empieza a dibujarse en su rostro curtido por el tiempo.

—Para ti eso no es un problema ¿verdad? Tú vives aquí en esta mansión —Khaldun se levanta de un respingo—. Me largo viejo, puedes seguir dándole la chapa a otro con visiones y sermones.

Y justo cuando parece que el viejo va a dejar que Khaldun se vaya, su amago de sonrisa desaparece.

—¿Y te irás sin saber por qué tuviste esas visiones, y qué significan? Yo creo que no... —serio, no bromea.

Khaldun se detiene junto a la puerta. Al otro lado y algo más arriba se escucha una música débil de flautas, la ciudad parece ir recuperándose del terror nocturno.

—¿Tienes algo de comer al menos? —pregunta mientras vuelve al camastro derrotado y se deja caer, con el cansancio acumulado de 15 años.

8.

El anciano no dice mucho más mientras cocina y le sirve la comida a Khaldun. Y qué comida: pedazos fritos de ardilla con fécula de raíces hervidas y una lagartija gorda y grasienta ensartada en un pincho. Khaldun lleva sin comer nada que no sean semillas resecas unas cuantas semanas, siempre miserablemente pobre. Lo que gana lo gestiona malamente comprando más material o se le va en tabaco, y es un pésimo cazador, aunque tontea a menudo con las ratas esmirriadas de su callejón usando su pequeño palo-lanza. Así que más que comer, Khaldun devora los manjares preparados por el viejo mientras este lo mira sentado en la escalera de metal, encajonada en una esquina de la habitación contigua, en espiral.

Cuando termina de comer y se limpia la boca con la mano, Khaldun agradece a Iago las vituallas mediante un gesto poco practicado. Aún conserva cierta educación, aunque no sabe muy bien de dónde le viene, su vida hasta ahora ha sido más bien grosera.

—Bueno, y ahora cuéntame —dice después, y se cruza de brazos expectante con una chulería que viniendo de un niño de quince años que apenas sabe nada resulta casi entrañable.

—*Casiopea* no es lo que piensas. Nunca fue concebida como una droga. Digamos que en su origen fue un... *focalizador* de la mente. Un "ensanchador", si prefieres llamarlo así, que permitía ver no solo lo que estaba delante de los ojos, si no también cosas que ocurrían en otros lugares, tanto del espacio, como del tiempo —caladazo a la pipa—. Lo que vosotros llamáis "viaje", o "cuelgue", es en realidad, de hecho, un viaje… de la mente, que abandona literalmente el cuerpo porque se ha *ensanchado* hasta sobrepasarlo. Esto último si es figurado, pues a los ojos de los demás, el individuo sigue siendo físicamente tan solo un individuo.

Una pausa, más pipa. Khaldun trata de entender. Iago continúa.

—La gran diferencia entre la *casiopea* original y esta nueva versión que ha aparecido recientemente es que antes lo que se veía y se experimentaba en el viaje se recordaba, y de hecho no se debía olvidar, pues el objetivo original del uso de algo tan peligroso como las piedras era alcanzar el conocimiento sobre esos momentos y lugares revelados. Para documentarlo, para el progreso, para aprender del pasado, o para destruir a otros, o escapar a la extinción futura. Las piedras otorgaban el poder de sobreponerse a las barreras de lo físico, de ir más allá de lo terrenal, alcanzando estados semi-divinos. Pero el riesgo era alto, y el precio de no estar preparado era quedar para siempre atado por la locura de las nieblas rosadas. Y fue pagado por muchos — Iago mueve la mano marcando el tempo, como el que recita un poema.

—Un momento, para, para. ¿Tú cómo sabes eso? ¿Cómo sé que no te lo estás inventando sobre la marcha?

—Si tan solo pudieras recordar lo que viste, sabrías. Aún no sé por qué olvidamos todo ahora. La mayoría de las veces, al menos —su mirada se pasea por la habitación como si viera cosas más allá de las cosas.

—Espera… ¡Tú recuerdas! ¿Viste esto en un viaje y ahora lo recuerdas? —Khaldun se levanta excitado ante las posibilidades. Quiere creer y se siente valiente porque no entiende dónde se está metiendo.

—No en uno, y no al principio. Yo uso *casiopea* desde hace años.

—¿Años? ¡Los cojones! Aquí solo hay *casiopea* desde hace un año o por ahí.

Iago ríe brevemente, con un cacareo ronco.

—Eso es lo que ellos quieren que creáis. Los que tú llamas jerarcas... ¿Jerarcas de qué? ¿De salvajes y mendigos del desierto a los que dominan a través del miedo? —y ahora habla con odio—. ¡Ellos la hicieron pública, la soltaron en las calles! ¡La *Magique*! Lo llamaron así, una reminiscencia de una palabra que se había olvidado. ¡No es otra cosa que el uso avanzado de las piedras! Pues ellos no solo quieren viajar con la mente, quieren que su cuerpo les siga, y transgreda las leyes impuestas. Quieren emigrar a otras mentes, del futuro o del pasado, poco les importa. Y no les queda mucho tiempo.

—Se están muriendo... —Khaldun comprende, y cae abatido en el sofá.

—Pero, un segundo, no entiendo... ¿soltar las piedras para que la gente común las use? Si alguno aprendiera a controlar los poderes de esta... cosa, podría aprender sus secretos, podría tratar de arrebatarles sus torres, y sus reservas.

—Chico listo... Pero aún no lo sabes todo... Nadie podría aprender a usar la *casiopea* en lo que dura una de nuestras vidas, se requieren demasiados años. Al menos nadie de las Dunas —gesticula grandiosamente como si todo fuera una gran obviedad—. Pese a todo lo que son capaces de hacer con ella, estos tres déspotas del demonio solo son capaces de *intentar* usarla. Y aunque consigan seguir expandiendo su existencia nefasta y robándole años a la muerte, nunca podrán dominarla a tiempo. Al menos no con las pocas piedras que les quedan, y al menos no desde aquí...

Aparta el humo alrededor de su cara de un enérgico manotazo, pues se ha vuelto tan denso que apenas le deja ver, y se acerca a Khaldun con los ojillos inteligentes y entrecerrados. Baja el tono...

—Ellos solo encontraron tres grandes rocas enterradas bajo ruinas y huesos, y las han consumido todo lo que han podido, entrenándose. Pero han fracasado, y ahora usan sus últimos recursos en un plan desesperado para conseguir que alguien les ayude a llegar a lugares que a ellos les han sido vetados… A ver más allá…

Entonces Iago enmudece, parece no querer decir más de lo que quiere decir, y se está acercando al punto clave, a la razón de que Khaldun esté allí, encerrado en aquel sótano.

—Mientes. Si este fue su plan desde el principio, ¿por qué entonces confiscan la droga, apaleando y haciendo desaparecer a aquellos a los que encuentran con ella?

—En ningún momento he dicho que los tres jerarcas tengan el mismo plan. Hace ya mucho tiempo que los intereses comunes que un día les unieron se han roto, y entre ellos se asestan los peores golpes y puñaladas. Quizá tan solo quieran hacerse con las piedras de los otros, por los medios que sean, a la vez que esperan a que la persona indicada dé con los recuerdos acertados…

Sus últimas palabras van cargadas de significado. Se ahogan a propósito en su garganta, que después recibe una cantidad ingente de humo de pipa y enmudece.

Se levanta un silencio espeso que se extiende lentamente sobre la estancia, como un polvo que llevara cientos de años asentado sobre los muebles, y al que alguien hubiera insuflado vida de un soplido. Khaldun medita sobre el espinoso asunto. Su mente pragmática y espabilada moldea la historia con rapidez y torpeza, como el que intenta encontrar una utilidad a un molde para hacer una escultura sin la creatividad necesaria. Es la primera vez que se le confía cierta información que va más allá de la esencial para sobrevivir a su fatigante día a día. Nunca ha aprendido nada más allá del mejor escondite del siguiente callejón, el siguiente rumor cocinado en los bajos fondos, el siguiente soplo para intentar hacerse con un nuevo alijo de tabaco.

Pese a haber vivido siempre asediado por una persistente curiosidad, y haber mirado tantas veces a las estrellas que se mueven en el cielo nocturno, nadie se dignó nunca a enseñarle nada más, ni sus circunstancias le permitieron el tiempo, la paciencia ni los medios físicos para aprenderlo por sí mismo. Está desentrenado en estas cuestiones metafísicas. Por eso descarta rápidamente, de momento, las tremendas implicaciones cósmicas de las revelaciones de Iago. Se deja de pamplinas, y se centra en el aquí y el ahora. Y entonces se topa irremediablemente con un punto que no encaja, una grieta en la historia, un elemento extraño. Él mismo, Khaldun, el falso cartero de las Dunas.

Al cabo de un rato, por fin se atreve a preguntar.

—¿Y qué hago yo aquí? ¿Qué pinto yo en todo esto? —le tiembla la voz. Por primera vez Iago puede ver la inseguridad natural de un niño tras las finas cortinas de su estilo macarra —¿Por qué perder el tiempo contándoselo a un mindundi como yo?

—Porque existen aquellos que tienen una conexión especial. Ellos lo llaman un *agente*.

Khaldun ladea la cabeza con incomprensión y en ella se espolea un dolor que parece que la hará estallar. Iago observa y continúa despacio, con prudencia.

—Tú eres el que no limaba las piedras, ¿verdad? ¡El Mejor camello de la duna de Khop! —exclama con voz de pregón—. Parece que tu honestidad en el negocio o tu afán de honra en las calles te han traído réditos inesperados, chico. Y no puedo contar más, no insistas... Si sigo correríamos el riesgo de romper la magia, literalmente...

Iago se incorpora entonces de manera inesperada, rompiendo bruscamente el momento alcanzado.

—Por favor, Kairn, pasa.

A través de otra entrada oculta tras cordeles adornados con cuentas plateadas entra una mole de hombre con la cara pálida como el hueso y la cabeza gigante y redonda como un melón. Calvo, vestido con harapos. Esto distrae a Khaldun, que ya preparaba más preguntas. Así lo había planeado Iago.

—Kairn, te dije que te cambiaras de ropa para recibir a nuestro huésped —Iago mueve la cabeza y su frente se arruga con reproche paternal.

—Lo siento, padre, estas ropas me agradan —la bestia y su cabeza desproporcionada hablan con una voz de ultratumba, grave como un trueno lejano que hace vibrar las cosas.

—Estás desarrollando unos gustos muy raros, sin duda, pero ahora no podemos ocuparnos de eso. Tendrás que acompañar a este nuevo amigo nuestro a un lugar algo lejano...

9.

Y así dio comienzo el viaje de Khaldun y Kairn, una extraña pareja formada en tiempos inciertos.

No sin pataleos y resistencias varias aceptó Khaldun los designios de Iago, y la gran desconfianza asentada en él nunca desapareció del todo ni dejó de incomodarle. Pero se le había quedado dentro, como un organismo intruso, una reminiscencia de conocimiento que resguardó sus decisiones con un hábito de seguridad y casi de deber. Sobre todo para con el afán de conocer los secretos del mundo, que siempre había sido habitado en su interior. Aunque los misterios le hubieran mirado hasta ahora con altanería desde muy arriba de su vida de ratero.

Khaldun supo que de ninguna manera podía evitar aquel viaje, cuyo destino era por supuesto la torre negra enterrada y los demás lugares que podían hallarse ocultos en aquella región del mundo.

Y también supo, esto a través del anciano Iago, que los jerarcas, como ellos, ansiaban el conocimiento escondido, y que buscaban a alguien que a través de la *casiopea* hubiera adivinado la fuente del poder oculta bajo tierra y se dirigiera hacia allí atraído por las fuerzas magnéticas de las piedras. Por tanto, lo más probable es que le siguieran y le obstaculizaran de diferentes formas, atentando con brío contra su vida si así lo veían necesario.

Kairn sería su protección, una suerte de guardaespaldas, y bien dotado para la tarea, pues era un hombre con la fuerza de diez. Durante los primeros días tras las revelaciones de Iago, en los que aún permanecieron en la duna de Khop, Kairn acompañó a Khaldun en salidas precavidas del sótano del anciano a los diferentes establecimientos en los que adquirieron vituallas y materiales varios para el viaje. El chico se sentía ciertamente poderoso cuando negociaba con los comerciantes junto a su silencioso nuevo socio, que cruzaba los brazos y provocaba sudores y temblores en dependientes y dueños por igual.

Su expresión vacía remataba un conjunto ya de por si deforme, mal hecho. Blanco como un vampiro, con los labios morados, casi azules, y carente de todo vello facial, incluidas las cejas. Como un albino, proveniente quizá del lejano norte, alienígena bajo la atizadora solana del desierto sin nombre. Su frente abultada y reluciente atraía miradas y murmullos aún de gentes ya acostumbradas a las criaturas siniestras que paseaban por las sombras de las Dunas, y su piel reseca y cuarteada hacía que las viejas potingueras del mercado le persiguieran ofreciéndole ungüentos a grito pelado. Su cabeza estaba casi totalmente rapada y el pelo no parecía crecer aun cuando pasaron días y semanas. Para súmmum, lucía unas ostentosas cicatrices rosadas en la base trasera del enorme cráneo. Nunca hablaba, además, y cuando se dirigían a él con insistencia inusitada, contestaba como si su mente no estuviera realmente allí (sino en derroteros taciturnos y ensoñaciones románticas), con la voz de un golem o alguna otra criatura enorme perteneciente a la imaginación.

Durante esos días de grandes cambios para Khaldun, y quizá también para Kairn, Iago aún le explicó otras cosas, más triviales, como las mejores maneras de orientarse en la noche del desierto, y le ayudó a prepararse para la gran tarea que enfrentaba. Khaldun estaba como ido, atontado, víctima del síndrome de abstinencia de la *casiopea*, que se presentaba como una inquietud de origen desconocido que asediaba constantemente la mente del adicto, un desasosiego sin motivo ni cara ni forma, imperioso y omnipresente.

—Adiós niño, Khaldun —dijo Iago en el día de la partida, en una cloaca seca a través de la cual escaparon de la duna de Khop como ratas —. Buena suerte. No confíes en la gente del desierto. No te dejes engañar por las mujeres que yacen en el oasis de Tunh, y evita la carretera que pasa por el valle de los fósiles. Tú, Kairn, por favor, cuida bien de los bidones de agua.

Tomaron gran precaución para la partida, bajo las instrucciones de Iago, pero los jerarcas ya sabían que todo esto estaba ocurriendo, pues desde sus torres gozaban de una percepción muy aumentada de las cosas que ocurrían en sus dunas, y veían más que los simples mortales. De momento, no obstante, decidieron dejar discurrir los acontecimientos, y cada uno trazó en secreto planes que no auguraban nada bueno para Khaldun y su precipitada empresa.

El joven, además, no había podido evitar incluir unas pocas piedras de *casiopea* escondidas en su exiguo equipaje (que contenía eso, ropajes para el desierto, agua, comida y poco más), y todos lo sabían. Iago le dejó ir con las piedras, pues aunque eran una estupenda forma de dejar un rastro rosado invisible para todos menos para los jerarcas y sus arcontes e insectos, también sabía que Khaldun las necesitaría, pues si en algún momento perdía el rumbo, la *casiopea* sería entonces la única forma de orientarse y encontrar el camino. A su vez, Kairn mantendría una estrecha correspondencia con su maestro por medio de palomas mensajeras que llevaba en una jaula junto al resto de su más abultado equipaje, en las alforjas de un varano, porque Iago dijo que era aún incapaz de rastrear y presentir la *casiopea*, y menos en la distancia.

* * *

Y ocurre que tres días han pasado ya desde la partida, y que Khaldun está hasta los cojones de avanzar de noche entre arenas confusas que tratan de sepultarle las piernas a cada paso a su pobre varano sobrecargado que gime y jadea todo el rato. Y también de no ver en el horizonte borroso nada más que luces fatuas que no sabe si realmente ve o tan solo imagina. Kairn no ayuda en la soledad del desierto, pues habla poco y no es muy agudo, y muchas veces tan solo emite gruñidos molestos ante las preguntas de Khaldun. El niño ha decidido que hoy durante la cena le hará hablar de una forma u otra.

—A ver, Kairn ¿qué hay entre tú y ese viejo maldito, Iago? —Khaldun se ha dado cuenta de que la mejor forma de hacer hablar a Kairn es mediante preguntas que no se puedan responder con un sí o un no. Va aprendiendo las maneras de este hombre de hojalata de color de hueso

—¿Eh? —insiste. Habla con la boca llena de la empalagosa melaza de alto valor nutritivo fabricada en las cocinas oscuras de Iago que llevan comiendo tres veces al día durante tres largas noches, y de la cual está también bastante hasta los cojones.

Kairn sorprende esta vez, debe tener una noche rara.

—Iago es mi maestro, mentor. Y mi padre también, pero él me prohibió hablar de eso hace ya años. Y te digo ahora que entiendo muy bien todo lo que ocurre y todo lo que piensas, y que si decido no hablar es porque lo que hay en mi pensamiento no es algo que se pueda expresar con las palabras que tú conoces o que otros hombres de Khop conocen. Pero si piensas que mi silencio o mi austeridad con la palabra son símbolos de algún tipo de atraso mental, eso te llevaría a un grave error. Grave, e injusto.

No le mira, sus ojos brillan con una luz pálida en la incertidumbre de la madrugada, y parecen ver algo más allá de las sombras que se encojen y agonizan a su alrededor.

—Ahora debo descansar mis ojos y mi mente. Como vosotros soléis decir, buenas noches.

Aunque en realidad dormían por el día, bajo lonas extendidas sobre rocas o dentro de agujeros excavados en la arena. Kairn se recuesta.

Khaldun queda tan impresionado por estas revelaciones inesperadas, así como por el resplandor artificial en la mirada de Kairn, que se da por satisfecho y no pregunta nada más. Después es capaz de dormir mejor que los días anteriores. Y por fin descansan su cuerpo y su espíritu de forma adecuada, pensando en su extraño acompañante. Desde hace días, las pesadillas sobre cosas que no conoce, y que aparecen cuando las guardas de la vigilia están bajas, le han atormentado durante los terribles calores diurnos. En el norte de su sueño ve una luz, entre montañas, y en el sur ve oscuridad, y terror, y un futuro incierto iluminado de tonalidades rosadas.

En cuanto el sol desciende, y el camino abre sus puertas de nuevo, Khaldun y Kairn recogen sus bártulos y despiertan a los lagartos gigantes cargados de alforjas que son sus vehículos y en ocasiones también sus protectores. Alguna vez ha escuchado Khaldun historias truculentas contadas en bares sobre grandes varanos de la especie crestada, de color rojo, que han perdido la cordura animal que les ataba a sus dueños durante viajes demasiado largos hacia tierras del este a las que no se debe viajar, y los han devorado dejando tan solo un rastro de huesos para correr después con horripilantes chillidos hacia las arenas más profundas, como si algo los llamara a la rebelión y a la libertad. No es el caso, de momento, de sus dos buenos acompañantes. Criaturas lustrosas y soñolientas, de la especie no crestada, de color verde. Con motas claras y oscuras, y grandes papadas viscosas, dientes afilados y parpados que cubren el ojo desde el lateral y no desde arriba: reptilianos casi extintos.

Caminan y caminan, y mascan melaza, en silencio, entre bostezos y lamentos de las bestias. Y ocurre durante la cuarta noche que por fin divisan a lo lejos una luz que no es figurada, la del reflector de un mercader del desierto. Estos mercaderes, escasos en los tiempos que corren, son gente generalmente enloquecida por el mal de las arenas que deambula solitaria o en pequeños grupos entre asentamientos portando diferentes bártulos y vituallas que se producen allí pero no aquí y viceversa.

Llevan luces plateadas que se deslizan por la arena y atraen a caminantes de la noche necesitados de agua o comida, o una brújula solar, o tan solo una conversación en torno a un fuego, y también en ocasiones a bandidos de la arena o a cosas peores. Khaldun ha escuchado alguna vez decir que donde hay comercio hay paz, pero a veces lo que traen estos tenderos refugiados tras máscaras no son más que trifulcas, estafas y regateos violentos que terminan con un negociante y empezaron con dos.

Montan grandes uros pues estos son los capaces de soportar un peso y distancia mayores de entre todos los animales que sobreviven como pueden en el desierto, y funcionan también como elementos disuasorios, capaces de ensartar con sus cuernos o pisotear a incautos hasta enterrarlos y ahogarlos en el polvo sin un solo hueso a derechas.

El mercader que se encuentran Kahldun y Kairn parece bastante tranquilo, y ha activado los focos de su caravana para que se vean en la larga distancia. No tiene miedo cuando se acercan, haciendo signos con su linterna de hojalata, pues los bandidos aún no son un problema serio en las cercanías de las Dunas. Un día más de alejamiento, y acercarse de manera poco adecuada a una caravana puede acabar con un disparo de aviso bien apuntado a la cabeza.

—¿Dónde vais? —pregunta el hombre, barbudo y enorme, con tatuajes que revelan que perteneció a alguna de las cadenas de trabajo de las minas de fósiles y alquitrán del norte.

—Al este, y luego al sur —Khaldun responde, Kairn ignora, y sujeta los bidones de agua recién adquiridos a las alforjas mediante cable de cobre.

—Oh bueno. Si de verdad es así, buena suerte. Tratad de evitar las cercanías de Ishtar, he escuchado que el nuevo Inmortal no trama nada bueno, y sé de buena tinta que algunos viajeros han desaparecido por allí.

Muchos sitios a evitar, piensa Khaldun. Un mundo hostil allí fuera, quizá incluso peor que los fondos más bajos de las Dunas. Ni siquiera sabe bien donde está Ishtar, la fortaleza roja de los Inmortales.

—Trataremos de pasar por los lugares por los que tenemos que pasar sin molestar a nadie. Eso deberá bastar. ¿Tienes algo de carne y algo donde cocinarla?

* * *

Aunque ellos lo ignoran, los jerarcas de las Dunas, que un día lejano en el tiempo tuvieron por nombres Kin, Kha y Khop, también han movido ficha. A Khaldun y a Kairn les sigue ahora una figura silenciosa. Un buscador implacable.

Veloz entre los túmulos de arena, viaja de noche y de día si hace falta. Bajo el camuflaje perfecto y sin montura alguna, con la agilidad de una serpiente y las zancadas de un gigante. Y todos a los que ha perseguido antes han sufrido, porque fue creado con artes que habrían debido permanecer en el más profundo olvido.

Azogue ha sido activado por primera vez en mucho tiempo, y a lo lejos divisa las luces de un comerciante. Y sus ojos de cristal recaen sobre un niño montado en un reptil.

10.

Según se alejan del mundo conocido, primero hacia el este y luego hacia el gran sur, las noches se hacen más largas. Las estrellan los guían y un viento frío barre fútilmente el polvo eterno del desierto cada noche. Cada noche. Y parece que es el mundo el que se mueve, y no Khaldun y Kairn. La inalcanzable meta del caminante: aquellas luces incomprensibles en el cielo, su única iluminación, junto con la gran luna enrojecida. Hacia el este, y al sur.

Khaldun escuchó una vez decir que el desierto solo estaba hecho para cazadores y poetas. Poetas guerreros.

Y con paso firme y el rumbo más o menos claro, atraviesan por fin un cañón que más que por el agua parece excavado por una antigua serpiente gigante que se ha arrastrado por allí en eones anteriores, y se ha enterrado en la tierra después, formando una caverna que cae a pico cientos de metros rodeada de cascadas de arena. Allí Kairn muestra de nuevo sus ojos brillantes, sugiriendo procesos extraños que ocurren en su mente, tras las dos pupilas nacaradas, y habla de lo que conoce del mundo, y Khaldun entiende por sus palabras que Iago es mucho más anciano de lo que parece, pues ya era viejo cuando Kairn fue concebido.

Pero Khaldun se aburre de la marcha; su espíritu aún es joven y predispuesto para la acción, y carece de la capacidad de contemplar. Y por muy perturbadoramente bellas que resulten las dunas bajo la luz pálida de la madrugada, él se mueve siempre inquieto sobre la espalda torturada de su lagarto y reza por atisbar luces a lo lejos. También siente algo de miedo, siempre, pues Kairn a veces le mira fijamente con los ojos vacíos, palpitantes pero sin alma, y su dedo derecho se mueve entonces con un espasmo ligero, como de manera inconsciente, en una casi inapreciable sacudida. En esos momentos escalofriantes de la caminata, o en la mañana antes de recostarse para tratar de dormir, Khaldun siente que Kairn le lee como un libro, le escruta por dentro, pues el brillo de sus ojos es algo que no había visto antes y no sabe interpretar.

Los primeros días llegó a pensar que su compañero le ahogaría durante el sueño, pero Kairn parece profundamente fiel a Iago, y no tendría sentido que este hubiera hecho todo lo que había hecho si su plan era tan solo asesinarle. Sin duda, piensa utilizarle para algo de mucho mayor calado. Durante estos momentos de pánico Khaldun trata de recordar de alguna forma cómo ha terminado metido en esta extraña historia, y se convence de que no tuvo otra opción más que seguir la carrera hacia adelante y perseguir los rastros de su visión. Se reconforta brevemente pensando que esto le está haciendo más fuerte y además le dará una gran historia que contar a su amigo Tristán a la vuelta del viaje.

¿Por qué yo, por qué yo, pero por qué un don nadie como yo? También se pregunta una y otra vez, durante las horas tediosas de caminata sin fin, confuso, a veces hallando respuesta y a veces no. Por momentos piensa que siempre lo supo, que su destino era algo grande. Pero a menudo su ánimo decae, y parece darse cuenta de repente de que todos se han equivocado, incluidos sus sueños, y de que esta historia es un gran error de proporciones cósmicas. Que todo acabará con una muerte horrible en el desierto, y con Kairn abandonando su cuerpo a merced de los carroñeros para volver con las manos vacías ante su maestro.

Es un niño, al fin y al cabo, y qué sabe un niño de sinos cuyas trascendencias le superan como el universo supera a un grano de arena perdido en la inmensidad del desierto.

***

—Niño ¿sabes dónde estamos? Iago dijo que usaras las piedras si perdías el rumbo. Hazlo durante la tarde. Por la mañana podremos cruzar la sombra de este cañón —dice Kairn con su mirada hueca habitual y su voz de roca.

Khaldun trata de disimular la bajada de temperatura y el mareo repentino que le produce el hecho de que se conozca su posesión más preciada, escondida tras las puntadas de su doble bolsillo.

—Sé dónde vamos, tranquilo, pasé por aquí. Hay que ir girando hacia el sur. Y pasaremos por cerca de Qantir en unos cinco días —disimula, cambia de tema—. Imagino que querrás parar a por un poco de diversión ¿no, viejo?

Se muerde la lengua. Las cosas que ha visto en Qantir no se le olvidarán fácilmente, pues es la ciudad de los hombres libres y salvajes, donde los vicios se sacian en abundancia, y por sus calles corren hembras desnudas, y con frecuencia también la sangre derramada.

Khaldun le ha cogido además algo de miedo a la *casiopea* después del último cuelgue. Y con razón, podría decirse. Aunque una profunda adicción le llama constantemente desde el bolsillo secreto de sus pantalones bombachos, una adicción al saber, espoleada por la gran curiosidad de las criaturas menores, él se resiste, y se inventa el bulo de que sabe dónde están. Mientras tanto, evoca pensamientos tranquilizadores en su mente cuando le entran ganas de meterse. Si hubiera conocido alguna vez el abrazo de un ser querido, serían estos los momentos de rememorar su calidez, su suavidad. Resiste. No quiere las cosas que una sobredosis podría hacerle ver. Y con la *casiopea*, la sobredosis está siempre a la vuelta de la esquina. Cuando se alcanza el límite, y los sudores se vuelven demasiado fríos, un segundo de más en contacto con las piedras, asistiendo a aquellos horrores maravillosos, un poco más de instrucción en las historias y los pavores del tiempo, y *crack*, la mente se agrieta, y se deshace, como un terrón de azúcar sobre el que ha goteado demasiada cantidad de un líquido envenenado.

Continúan la marcha. Sin *casiopea*. Y en los ecos de la parte más profunda del cañón, durante las horas del día en las que por fin pueden avanzar al amparo de las rocas, Khaldun escucha susurros y siseos que provienen de cavernas y recovecos umbrosos. Enrevesados y muy profundos algunos, guaridas inexploradas, excavadas por aguas que se fueron hace mucho. Allí dentro moran cosas que también le hacen encogerse incómodo sobre su montura y sudar pequeñas gotas de hielo.

Kairn, intuyendo al parecer los peligros de la hondonada, acelera el paso, con intención de evitar la noche y a los insectos crepitantes y enormes cuya presencia presienten más que ven; pálidos y refulgentes en la humedad de las cuevas, asomando en secreto de guaridas llenas de larvas hinchadas, blancas y peludas. Mejor no despertarse con los gritos de las mantis, mejor no perderse en las grietas de la tierra, que son anteriores a las especies racionales y están pobladas de horrores que no sienten miedo ni piedad.

Pero la insultante desfachatez de dos viajeros atravesando aquel lugar no queda impune. Khaldun ha mentido y ha señalado el camino, *por aquí se va...* pero lo que ha hecho es meterlos con su ignorancia en una trampa mortal. Están siendo observados por movimientos viscosos, repulsivos, crujientes de vida. Y de entre las rocas termina por surgir el horror, como a veces ocurre cuando te paseas por el umbral de su puerta. Un gusano enorme, con una miríada de extremidades nerviosas, y un instinto de supervivencia alterado por la amenaza de pies que hacen temblar su tierra, se abalanza sobre el gigante silencioso. Khaldun profiere un alarido y una espantada maldición de los bajos fondos, y como acto reflejo estira todo lo que puede las riendas del varano para alejarse de lo que ocurre ante sus ojos en vez de azuzarlo a acudir en ayuda de su compañero.

Kairn en cambio no grita, ni se espanta, ni hace nada de lo que se espera de alguien ante la situación de un ataque sorpresa de gusano gigante. Viscoso. Blanquecino. Con un enorme apéndice muy afilado que surge del final de su cuerpo, con el que intenta repetidamente ensartar a Kairn, o a su varano, o a lo que se ponga en su camino. A aquel gusano lo carga el diablo. Y se enrosca en un abrazo gélido en torno a Kairn. Pero Kairn mantiene la calma, como no es capaz de hacer su lagarto, que intenta morder el caparazón de la oruga sin éxito varias veces y después se revuelve y se escaquea de sus pertenencias y su jinete con una cobardía inusitada en su especie. Los abrazados caen, en un ataque de pasión asesina, tratando de aniquilarse el uno al otro. Sudarían, gritarían, si alguno de los dos fuera capaz de sudar, o de gritar. Khaldun también se ha retirado. Nunca se dijo que fuera un héroe.

Cuando la situación se vuelve desesperada, no será un lagarto común, ni un niño drogadicto de las Dunas lo que salve al triste Kairn, con sus ojos vacíos enfrentando la muerte. Serán sus músculos inhumanos, su tamaño colosal, su fuerza magna, bestial.

Y así ocurre, en efecto, pues Kairn consigue librar sus brazos de la llave malvada del gusano que ahora solo trata de sobrevivir y que va a morir por ello. Localiza un punto débil, una apertura del caparazón quitinoso, y hacia ahí lanza sus despiadadas manos de gigante, e introduce primero sus dedos, y después sus puños, en lo que parece la boca del bicho, mientras este apuñala sin piedad su costado. Sus manos lo destrozan por dentro, rompen tejidos, revientan órganos, aplastan vesículas, estallan glándulas, ensanchan esófagos. Por su lado, los aguijonazos ganan fuerza antes de empezar a perderla: el óbito, y antes un último intento de salvación, las últimas energías de la vida que es arrebatada. Pero Kairn no siente, sino que aprieta, tira, con sus bíceps hinchados y palpitantes, y extrae las tripas del gusano dejando toda la parte superior del caparazón hecha unos zorros, una cáscara descolorida y vacía.

El gusano emite un último burbujeo escalofriante, ya fuera de su esqueleto, con sus intestinos al aire, desnudo. Kairn lo parte en dos estirando con fuerza, y lanza sus despojos de vuelta a la cueva de la que habían surgido, de cualquier modo, sin ceremonia ni despedida.

No es la primera vez que le arrebata la vida a otra criatura, por supuesto. Nadie podría descartar la idea de que, de hecho, fuera un auténtico experto en el arte de la muerte, no después de admirar aquella frialdad en su mirada y en sus manos destructoras durante el breve y desigual combate. Khaldun le observa boquiabierto, observa su porte indolente, carente de emoción.

—¡GUAU! ¡Eso ha sido in-cre-íble tío! ¡¿De qué coño estás hecho tú?! ¡Guau!

Pero las aclamaciones cesan inmediatamente ante una estocada de la mirada vacía del titán. Y un estremecimiento repentino atraviesa el cuerpo de Khaldun cuando se da cuenta de que los diez o veinte navajazos que Kairn luce en su costado, bajo la zamarra destrozada, ni siquiera sangran. Veinte agujeros sobre su carne macilenta, souvenirs del Cañón de los Insectos para Kairn, el gigante sin sangre.

Después echan a correr y atrapan al lagarto cobarde, que se ha refugiado a la sombra de una gruta y está lamiendo la roca salada estúpidamente. Kairn no ha dicho nada. Al quitarse la camisa destrozada para ponerse una nueva, Khaldun advierte tremendas cicatrices grisáceas surcando su espalda de armario. No hace preguntas. Una mirada ha sido suficiente para enmudecer al niño y su curiosidad, al menos durante un rato, hasta que el susto se le pase del todo.

Lo que queda del cañón sombrío lo recorren sin incidencias, como si el resto de sus habitantes hubieran visto la trifulca desde sus palcos y porches de arenisca y hubieran decidido que es mejor dejar pasar al bruto visitante. Algo más tarde, justo al atardecer, con el cielo herido ya de rojo y cediendo ante las mareas ruborizadas de la noche, salen de nuevo fuera del viento encerrado y los lamentosos ecos de la garganta sin nombre. Khaldun se encuentra algo más orientado ahora, pues a los lejos reconoce las inmensas columnas de humo negro sobre la Ciudad de los Muertos.

El gran cementerio antiguo regido por el sultán, donde los cuerpos arden día y noche en colosales piras ceremoniales levantadas en honor a dioses fallecidos tiempo ha. Gran rodeo es lo que toca, pues el sultán es poderoso y siempre anda en busca de nuevas almas que sirvan de combustible para sus rituales, insaciable en su afán de algo incomprensible. Y sus exploradores de cuerpos alargados montan sobre grandes perros y patrullan las dunas de alrededor. Khaldun sabe que su reclamo sobre esta tierra es antiguo, y sus brazos se extienden largos sobre el desierto; ha escuchado las historias, y él mismo ha presenciado durante un breve tiempo el escaso valor que tiene la vida en un cementerio. Varias veces las ruinas de los jerarcas han sufrido sus ataques, tan solo repelidos gracias a la alianza de los tres defensores con los poderes secretos del *Magique*.

Por segunda vez observa su terrible capital en la distancia, y escucha los gritos que arrastra el viento, como provenientes de la misma tierra al sentir tal aberración, tal herida abierta en su piel arenosa.

—Cuando escucho a la gente quejarse de los abominables que rigen las Dunas, mi mente siempre regresa a este lugar, y decido no abrir la boca. Siempre hay... males... mucho peores... que hacen palidecer a cualquiera de tus pesadillas.

Kairn murmura y Khaldun asiente con los ojos clavados en las cúpulas y las pirámides iluminadas por las piras funerarias en la lejanía. Toda la noche avanzan con cuidado, eligiendo los caminos bajo los pliegues de la arena y no sobre ellos, con el resplandor maldito siempre a su izquierda, reflejado en el cielo.

Khaldun se pregunta a quién adora aquel Sultán demente, y qué clase de señales del más allá habrá interpretado como requisito de tanta muerte. Todo el aire de la región tiene un olor inusitado, pues está cargado de los efluvios ocres de las piras de cuerpos. El viento los porta, a los muertos sublimados. Pequeñas esquirlas y cenizas llueven en ocasiones cuando un soplo de hedores nefastos les sorprende fuera de las hondonadas por las que circulan con cuidado, y los muertos rozan la cara horrorizada de Khaldun con dedos invisibles.

* * *

El resplandor de la Ciudad de los Muertos queda atrás con el siguiente día, y con gran alivio. Mas no es un alivio duradero ni sólido, pues ambos saben que acaban de dejar atrás el último asentamiento del mundo conocido a excepción de Qantir, la perla perversa, la cual supone la frontera final frente a la locura del desierto que no tiene fin. Y saben también que aquella ciudad a la que se dirigen con diferentes espíritus (el del niño, excitado, el del titán, apesadumbrado y metálico) está imbuida ya por la maldad del este, abandonada como ha sido por toda civilización y por toda esperanza.

El sueño es cada vez más escaso e inquieto, y Kairn ya ni siquiera cierra los ojos, y su mirada refulge de manera extraña en las luces del alba, clavada fijamente en Khaldun.

<h1 style="text-align:center">11.</h1>

Khaldun ve pasar un día más rumiando entre sus enseres, vigilado de cerca. Y durante la siguiente noche, continúan hacia Qantir y bordean la ruta que Khaldun siguió en su primer gran viaje. La torre de Isil quedaría a la derecha ya, pues han decidido evitar a los oscuros Doraeos y sus intrigas, así como el asentamiento y gran mercado de esclavos de Ishtar, al sur de la ciudad de los muertos, construido sobre una meseta desde donde se cuenta que a veces caen cascadas de agua plateada. Ahora descienden hacia los misterios del este y del sur sin otra guía que el recuerdo confuso de Khaldun y el hechizo de *casiopea*, que pronto será necesario para no perder el camino en las arenas cada vez más susurrantes y erizadas por los vientos.

Aunque ellos no lo saben, en la región que atraviesan corre de boca en boca una leyenda muy antigua de origen desconocido que habla de un anciano en una isla. Son habladurías extendidas como una inquietud desde tiempos ajenos a la memoria, entre los muy escasos y siempre ocultos nómadas. Los brujos hablan a los jóvenes de una choza en la roca que se encuentra en medio del lago, en un oasis oculto que se abrió en la tierra durante los albores del mundo. Tras un terremoto. Uno que nadie recuerda, y que asoló la cadena montañosa que circunscribe allí el norte del desierto, y tras la cual casi nadie sabe lo que hay.

Ese anciano, cuentan abuelos a hijos y a nietos, habita allí solo sobre la pradera que desciende por la roca y el espejismo que envuelve al oasis, en una cabaña construida con maderas fosilizadas extraídas de entre las rocas. Nadie lo ha visto ni ha hablado con él, pues la vista de las montañas lejanas ha producido siempre gran temor a los aventureros de Ishtar o de la tribu negra de los Doraeos que se han acercado por allí, y ha espantado incluso a los mercenarios de las compañías del sultán de los muertos, que saben que en aquellas cumbres no habrían de encontrar los cuerpos necesarios para cumplir con las cuotas impuestas por su señor.

Pero lo cierto es que casi todos han oído hablar del anciano al que llaman el Caminante del Cielo. Aunque desconocen si es verdad que bajó en un barco desde las estrellas, como se cuenta, y aterrizó en las montañas, y allí construyó su casa para morir tranquilo y alejado de todos, rememorando las cosas increíbles que había visto en su vida y reflexionando sobre todo lo que había aprendido acerca del universo. Al desconocer, temen, y dejan a la cordillera en la lejanía, donde debe de estar la roca que no pertenece al desierto.

Khaldun y Kairn tan solo divisan las cimas lejanas, que se alzan sobre el manto borroso del desierto, durante un amanecer, allá en el norte al que no se dirigen. Uno de sus picos supera incluso la altura de las nubes, escarpado y cortante como un gran cuchillo de acero. No puede haber nada allí más que roca gris y cabras, y quizá la muerte, piensan los temerosos, los ignorantes, pero quién sabe si no hallarían las respuestas a su eterna miseria si se aventuraran a visitar al Caminante, o al menos trataran de probar su inexistencia, para dejarse de mitos.

La tierra es algo más fértil allí, debido a los vapores de las montañas. Algunos árboles nudosos han osado crecer ensortijados sobre la arena junto a los omnipresentes matorrales abatidos por el viento. Acampan los viajeros, y dan agua a sus bestias, que bordean ya el límite de sus fuerzas y viven con la lengua fuera tratando de absorber la escasa humedad del aire. La sombra de los troncos sin hojas es escasa, pero les sirve para reposar sobre planchas de arena los tremendos dolores de la espalda, causados por el traqueteo de los reptiles.

Incluso Khaldun el niño se siente ajado y maltrecho, lleno de aflicciones corporales que nunca antes había conocido, y con una angustia creciente en su pobre estómago. Deberán descansar en Qantir, y comprar nuevas monturas, piensa. Pero está tan exhausto que teme que ni siquiera los lustrosos pechos de las esclavas podrán devolverle la energía que parece haber ido goteando fuera de su cuerpo desde su partida de las Dunas, reclamada por el desierto como una suerte de mortífero peaje.

Un día más de marcha y podrán ver las torres de perdición iluminadas en la noche, como faros atrayendo toda la locura del desierto. Entonces espera volver a sentir el gusanillo que le picó la otra vez, y quizá revivir algo de la jovialidad que le es debida como niño ya adolescente que es, y que se le ha arrebatado despiadadamente durante las últimas semanas. Después, sur, y rumbos desconocidos, pues ya Khaldun y Kairn saldrán de las rutas seguidas por comerciantes y marcadas aquí y allí con rocas o postes sobre salientes en la arena.

Tras haber bebido, conteniéndose mucho, de la poca agua filtrada que les queda, y haber comido dos trozos de pan seco, Kairn mira fijamente a Khaldun de nuevo. Y esta vez le hace un gesto con la cabeza, señalando su bolsillo secreto.

Es el momento de obtener la orientación, de tratar de aprender el rumbo más allá de la perversión de Qantir, el último puesto colonizado. Kairn sabe que la ciudad de los locos no es un buen lugar para pasear las piedrecitas rosáceas, y que aquella hondonada con árboles rugosos de escasas hojas será muy probablemente el último lugar tranquilo para un cuelgue que él vigilará de cerca.

—Vale, quieres que tome un poco. Bueno, imagino que es el momento, sí.

Khaldun nunca ha estado tan nervioso ante la perspectiva de una dosis de *casiopea*. A esta cosa no se acostumbra uno. No se le pierde el respeto, sino que se le va ganando el miedo, al parecer.

Aun así, algo se revuelve en su interior, hay células de su cuerpo que han probado el éxtasis y el placer supremo de flotar, y ahora se activan ante lo que el cerebro está retransmitiendo que está a punto de ocurrir. Hacen la ola, giran sobre sí mismas celebrando la bocanada de maravillas que está a punto de recorrer todo el cuerpo del joven, repartiendo ojos abiertos y sensores sobre-estimulados a diestro y siniestro.

Khaldun siente un incontrolable cosquilleo de excitación. Al mismo tiempo, las manos le tiemblan, sudando inquietudes, y su cerebro, aún en control del cotarro, le avisa sobre los peligros que pueden emerger de las visiones; traspasando desde otras realidades a su espacio y a su tiempo como apéndices curiosos a punto de rasgar el fino velo que le protege rodeando el aquí y el ahora.

Es difícil mantener la calma ante la existencia de tentáculos invisibles capaces de hurgar en mentes ajenas.

Al sacar una de las tres piedras minúsculas que lleva escondidas, le parece que un chillido inhumano, producido por una criatura sin boca ni orificio alguno, proveniente de una mente poderosa, le traspasa la carne como un haz de cristal. Apenas ha rozado la superficie suave de *casiopea* y ya la presencia de cosas que no están realmente allí ha sido muy real, tan real que casi le hace soltar la pequeña roca rosa y echar a correr.

Pero la mirada de Kairn no admite dudas, se le ve dispuesto a correr, agarrarle, y quizá descuajaringarle como hizo con el gusano pálido del cañón. Khaldun ya no sabe si le da más miedo lo que está fuera o dentro de su mente, fuera o dentro de su realidad. Decide hacer la dosis mínima. Esto consiste en calentar la piedra con las chispas de un yesquero y tocarla durante cinco segundos con un solo dedo.

Y así procede, se mete un poquito, una dosis que en sus buenos tiempos no le habría hecho ni perder el buen paso en una noche cualquiera. Pero estos no son sus buenos tiempos. Y la realidad se desvanece frente a él, y su carne se deshace, y se cuela por una rendija entre la arena tras unos dos segundos de contacto con la superficie templada de la piedrecita. Y vuelve a deslizarse irremediablemente a bordo de un crucero desbocado e invisible sobre las enloquecedoras visiones de un viaje mucho más intenso de lo habitual.

Pero esta vez no son los ojos de sus Madres lo que aparece ante él, ni mucho menos, sino la Oscuridad terrible y la ausencia de ojos del Padre de la destrucción del universo. El telón espeso y ominoso que se cierne sobre la música original de la creación, inevitable. La mancha que surge del estanque como aceite derramado y que ahoga para siempre a las Madres. Y después, tras la silenciosa refriega, solo el motor reptante del caos permanece: un gran pulpo imaginario y gigante del vacío, al otro lado del estanque. Una criatura creada por sí misma, desde su propia mente oscura y llena de confusión, que existía ya en el primer vacío del universo, alimentada e insuflada de vida por las energías que explotan durante la pujanza de las dos fuerzas originales. Khaldun observa ahora un lugar y unos hechos no físicos, incomprensibles, como un maremoto de colores difusos, un cuadro imposible de sinestesia pura y dura, con la nada y las esquirlas iluminadas del todo mezclándose a través de ráfagas de energía angustiosa, viscosas, sin sonido, ni materia.

Y de nuevo se le obliga a contemplar impotente como los tentáculos del gran pulpo surgen de las profundidades y se ciernen sobre el Universo recién nacido: el Caos es inevitable, y cuando termina la gran explosión solo Él queda, invisible sobre todo lo demás. Del colapso de la Creación y la Destrucción solo una energía puede surgir para dominar imperecederamente el motivo de todas las cosas a través de su esencia. El azar, ese es su nombre también, cuando se muestra benigno. Khaldun no comprende a ninguno de estos entes. Incluso con la *casiopea* exaltada multiplicando sus efectos sobre su entendimiento, es incapaz de abarcarlos, y no obstante los ve, como nadie los ha visto nunca, dibujados como impresiones sobre el telón del cosmos. Pues si bien el surgimiento del universo es, en esencia, una casualidad explosiva, una pincelada salvaje proveniente de la pugna de dos progenitores instigados por la necesidad de chocar (necesidad que rige todo lo que se haya en compresión en el interior de átomos vibrantes), el requisito de entes y voluntades aún existe. Porque donde hay orquesta, hay batutas: en un lado, el torrente creador provocado por los laúdes eufónicos de las Madres, y en el otro, la necesaria e implacable voracidad del Padre antagónico. Y también, después, una nueva batuta, que se escucha por vez primera en la tranquilidad que viene tras la gran explosión, sobre las laderas primigenias de su hermano el Universo. Los huérfanos que quedan atrás, abandonados a su libre albedrío por la desaparición de las Madres y del Padre furioso. Uno, el cuadro entero, el Universo y todo lo que hay en él, el paisaje y todos sus actores. Y otro, el oculto, el deforme, que desde ahora diseminará su impronta demente sobre todo lo que ocurra: El motor del Caos.

Cuya batuta, confusa y babeante, dice desde muy el principio que hay que tocar cosas imposibles, y que hay que apaisar y crispar la realidad de forma azarosa en respuesta a sus designios, sometiendo a la creación. Y Khaldun ha visto a sus tentáculos, invisibles para todos los demás, avanzar como serpientes sin control ni plan ninguno, depositando semillas en los mundos, agentes del caos enterrados o elevados en los cielos. Dioses, serán llamados algunos, y despertarán algún día para devorar con el hambre del Padre, cuando su motor original lo decida por casualidad, cuando la batuta lo ordene con un bostezo sin destino.

Las imágenes se suceden despacio, en un carrusel, como representadas por un titiritero loco que solo sabe repetir y repetir la misma función. Siempre alrededor de los primeros entes. Entre tsunamis de polvo cósmico, Khaldun observa el principio, el origen, con nada más que asombro, terror y resignación.

El estanque de la creación ya no aparece por ninguna parte, pues la visión de Khaldun ha madurado, y ahora está viendo lo que vino después. Las secuelas del explosivo desprendimiento del todo de la nada, lo que ocurrió cuando la superficie prístina del lago original donde empezó la música se derramó. Allí está el mundo que él conoce y habita, literal y no figurado. Aunque durante un momento, en su visión aumentada del universo, aún alcanza a distinguir la impronta de los tentáculos que fueron el primer movimiento en la oscuridad que hubo después. Son guiados por una sed insaciable y terrible que es a la vez necesaria en la causa primera del universo, pues sin la dualidad de fuerzas jamás se habría dado la explosión original; y a la vez el final de todas las cosas, pues en un ademán casual alguna de las criaturas del caos se tragará el universo, y este volverá a ser de nuevo nada más que un átomo lleno de fuerzas comprimidas y en eterna lucha flotando a través de la nada.

Khaldun quiere arrancarse los ojos.

Pues en la oscuridad, el caos reptante devora los mundos jóvenes que tanto esfuerzo y armonía ha costado crear, como llamas voraces en una hoguera con demasiada leña. Alimentadas por vientos etéreos quizá creados por ellas mismas durante su nacimiento. Y no se le puede parar hasta que su presencia no se encuentra establecida en cada elemento y en cada pequeño suceso del tiempo que vendrá. Y nadie se da cuenta, los primeros habitantes de los mundos no ven, ni sienten, y tan solo el observador externo es capaz de admirar su influencia, al ser el único que ve el cuadro completo, la representación de lo que fue, desde fuera. Todas las criaturas que han surgido del gran pulpo invisible quedan plantadas y a la espera, allá en los rincones oscuros del universo.

Sobre ellas flota Khaldun, en la nada oscura, frente a las visiones formidables que son el origen de las arenas del desierto. Y tras un movimiento extraño que se produce tras su retina, se da cuenta con horror de que no es el único observador. Está rodeado de existencias cuya presencia no tiene forma, ojos eternos e invisibles de ´otros´ que observan la creación de mundos y la expansión del caos posterior. Pertenecientes a seres que teme sean mucho más antiguos que aquellos triangulares que vio en la ciudad negra enterrada que anda buscando, o vengan de mucho más lejos, desde rincones recónditos de este universo, o de otros.

Sabe que nada de lo que encuentre en el destino al que se encamina, bajo el desierto, aunque sea la fuente misma de la *casiopea*, le ayudará a entender a quién pertenecen algunos de esos ojos que ahora le miran a él y le atraviesan. Podrían desgarrar su mente con gran facilidad, pues han dominado las artes de ver y de viajar, pero también las de permanecer y de modificar. No obstante, magnánimos, quizá incluso curiosos ante el porvenir de su historia, le otorgan el conocimiento que busca. El camino que debe seguir aparece claro en su mente, no como un mapa o una visión, sino tan solo como puro conocimiento. Implantado por criaturas que como él, viajan, pero desde hace mucho más tiempo. Y han quedado convertidos en pliegues incómodos en la superficie de la realidad, entidades confusas que simplemente observan el origen del universo como espectadores cebados y aburridos de la misma función, y lo saben todo de los mundos efímeros que estallan y florecen aquí y allá, para luego desaparecer de nuevo en la nada.

Y de repente, en mitad de la oscuridad impenetrable, algo aparece portando un haz de luz, partiendo en dos la visión de Khaldun con un gran poder desconocido que rivaliza con el de los otros agentes del cuadro. Una de las entidades se muestra. El niño visionario ve entonces un rostro antiguo, ciego y sin ojos, de grandes barbas y arrugas, anciano pero con rasgos parecidos a los suyos propios. De su especie, pero con más años que muchas de las ciudades y dunas que él conoce, y un orificio que todo lo ve en su frente marchita. Khaldun sabe que este es el rostro del Caminante del Cielo, el que susurran los nómadas temerosos, cuyo cuerpo habita en una cabaña en un lago cerca de allí, al norte, pero cuya mente abarca mucho más espacio y tiempo. Pues en uno de sus viajes halló un gran poder, y regresó.

Khaldun siente un tremendo pánico al contemplar aquella interrupción, casi superior al que le infundían los otros pliegues velados que había medio visto a su alrededor, vivos, en la oscuridad de su visión anterior. Este miedo inédito no proviene de haber perdido totalmente el control de lo que está viendo o está sintiendo con la *casiopea*, que nunca lo tuvo, paradójicamente, se trata de algo más… cotidiano.

De alguna manera, este miedo que ahora siente es conocido, casi podría decirse que le ha acompañado toda su vida, aunque solo ahora esté siendo plenamente consciente de toda su entidad, enraizado como un simbionte maligno en su alma. Como acto de entrada, su obertura personal, el Caminante ha dado forma en su mente al terror del final, a la muerte. La abrumadora desazón que acomete como una lacra inherente a cualquier ser racional, ante el pensamiento de la nimiedad e impotencia de lo vivo. Pues el Caminante proviene de allí, de la región ignota de los óbitos, y su muerte fue el renacer que le otorgó poder, libertad. Y regresó.

Está impregnado de muerte: está en su rostro momificado, en sus labios sellados con hilo, en sus ojos borrados por la erosión. Él ha traspasado todas las barreras, incluida la última, la intraspasable, y parece dispuesto a compartir lo que ha visto. Pues Khaldun ha conocido los orígenes del universo, del caos, y con ello ha captado la atención de otros viajantes y observadores de los eones.

El Caminante le habla de cosas que Khaldun siempre ha presentido, sin llegar a entender, pues tras su viaje, y su regreso, Él ha desarrollado la habilidad de liberar a los entendimientos de las cadenas de la realidad, de mostrar con claridad aquello que siempre estuvo borroso, y que tan solo se sentía en la periferia y nunca se podía enfocar. Él puede eliminar el ruido que impide la abstracción total de la mente, abrirle las puertas al foco de la iluminación.

Durante segundos inciertos que duran todo el tiempo que quieren, pues este fluye ahora por derroteros muy alejados de su habitual cauce, y se suceden paradojas al chocar eones con momentos, el Caminante le desvela los misterios que hay tras sus ojos inexistentes. Después orienta la visión de Khaldun hacia sí mismo, y le muestra el miedo que ha habitado por siempre en su interior, el cual es el verdadero motor de este su gran viaje. Por mucho que el visionario oteara los confines del espacio y del tiempo, como habían hecho los jerarcas durante tantos decenios, y Khaldun, casi involuntariamente, hasta ahora, todo lo visto no son sino sombras reflejadas contra el muro de una caverna. Sombras provocadas por un fuego existente detrás del individuo que observa, reflejos de realidades incomprensibles, malinterpretadas, y quizá falsas. Y ese fuego del interior, siempre alimentado por la inquietud y el terror de la mente, es el origen de la fuerza de las visiones. La huida atormentada hacia la desaparición es la volátil astilla eterna que lo alimenta, el caminar confuso y perdido de las criaturas menores por el universo, huérfanas de padre y de madres. Y no se puede entender el viaje si no se enfoca su motivo, para dejar de huir, y empezar a marchar con pasos orientados. Todos los viajes de los poderosos del pasado habían sido orquestados por aquel titiritero siniestro: el pavor de avanzar hacia el final sin entender, de desaparecer para siempre sin haber sostenido en sus manos el sentido de la vida, o la razón de la muerte. Khaldun se da cuenta de esto, y de que sin renunciar a las promesas del conocimiento exterior y volver la vista hacia lo interior, al fuego motivador de sus inquietudes, no hay progreso posible, no existe la siguiente fase.

Khaldun, en este erial abandonado por todos al que no ha llegado por casualidad, encuentra por fin un guía que sabe lo que se hace. Y este, al que llaman Caminante por falta de un mejor nombre, le enseña donde ha estado, aunque sin decir de donde vino, y le muestra lo que él ha visto: los rostros de todos los habitantes antiguos de la tierra.

Pero por primera vez Khaldun puede leerlos, pues el Caminante ha entendido sus idiomas, y ha aprendido a descorrer velos en mentes ajenas y a hurgar en su interior. Sabe cómo ligarlos al chico al que ha estado observando durante su viaje, y le desvela toda la historia de estos seres anteriores, sus progresos, y sus temores más profundos e incomprensibles. El chico entiende entonces que su miedo es tan antiguo como la vida, y que a todos los desconocedores del final de su propia historia ha atormentado, y no es otra cosa que ese miedo el origen de los intentos por viajar, por perdurar en el más allá. El origen de la *casiopea*, de la magia, de las llamadas a entidades caprichosas, de la locura y del poder.

Los habitantes del desierto, en su ignorancia, están en lo cierto cuando avisan de que el Caminante ha viajado mucho tiempo y ha visto muchas cosas. Y Él le cuenta sin palabras al chico, que yace con los ojos en blanco, que los grandes individuos de cada raza y especie que ahora observan se atrevieron a combatir a la misma muerte, e incluso a soñar con su derrota, y todos anduvieron caminos parecidos a los de Khaldun.

Por supuesto, no ha sido la especie a la que pertenece el chico, tan joven y obtusa en los caminos de la magia, la primera en alcanzar arrogancia tan grande como para atreverse a rebatir el precio esencial de la existencia carnal, el marchitamiento y la posterior desaparición tanto del cuerpo como del espíritu: la muerte. Como un grano de arena en el desierto, uno más, Khaldun y sus congéneres tan solo han sido llevados por el viento natural de la evolución.

Y pese a su juventud, Khaldun ha tenido siempre a la muerte muy cercana, susurrándole al oído, acariciándole, reclamando a sus amigos, jugando como un depredador juega con su presa antes del fin. Y en su humildad de criatura menuda, que hasta el comienzo de su viaje había regido su vida, el miedo inafrontable y la aceptación del final habían sido su constante. Pero ahora... ¿No decía, no mostraba, aquel Caminante, que la cortina final, el abismo, no era sino una puerta más, una barrera traspasable, con las herramientas y el Caminar necesarios? El sueño de tantas voces y mentes inmemoriales, condensado y revelado en su visión guiada por Él, al sur del oasis.

Khaldun comprende entonces, con una gran convulsión mental, que tanto el Caminante, como los demás ojos terroríficos que ha sentido a su alrededor, observando el origen de su universo, han trascendido a la muerte. Han continuado su viajar eterno y se hallan allí, aún presentes en la existencia y capaces de ver, pero tan solo presentes en mente, pues sus cuerpos han sido abandonados a merced del tiempo inexorable.

Todo se dirige hacia el mismo lugar, en un ciclo irrompible de vida y de muerte, y ni siquiera el caos puede interferir en su destino. Khaldun ya conoce el Origen, y ahora se le está intentando mostrar el Final, mucho más complejo, y aún por fraguar. Para llegar a él, se debe romper el círculo natural de las cosas, traspasando la barrera final y prohibida que ha destruido hasta a las razas más longevas y poderosas.

Pero incluso el Caminante se torna humilde y retraído en su visión al mostrar las consecuencias de los que perdieron el Camino viajando demasiado en sus intentos de alcanzar esta barrera. O lo que ocurrió a aquellos que en sus travesías más extrañas, en la Era de los Titanes de la tierra, despertaron a entidades que estaban directamente relacionadas con la muerte y la destrucción de los mundos, y que descendían de los tentáculos negros del caos original. Esa parte Khaldun tan solo la siente como un terrible aguijonazo que se extiende helado por todo su cerebro, desde la parte más baja de su médula espinal. Aunque el Caminante claramente advierte, al mostrarlo de forma críptica, que en el futuro aquellos gritos eternos que se escuchan tras imágenes borrosas de dolor y locura podrían ser los suyos. Y también le insinúa que el fin de su mundo está cerca, pues en el futuro tan solo se muestra oscuridad, y algo que despierta. Y que si ha de viajar hacia, a donde están las respuestas que trascienden a su tiempo, al Final de su historia, es en esa oscuridad incierta donde deberá sumergirse.

No queda claro por qué habita allí aquel ser, en el oasis del Norte, si es que habitar es una manera posible de existir para una conciencia que apenas tiene forma física, y que se extiende como el cielo sobre todo aquello que existe cerca y lejos. ¿Acaso estaba tan solo apostado esperando el paso de Khaldun, para orientarle? ¿Quería, si es que la voluntad aún existiera en él, reclutarle para su causa, la de los que han superado la barrera que hay tras el final de la luz? No hay una razón de ser para esta entidad que ha Caminado todos los caminos, no se muestra en la impronta de las visiones, ni es Khaldun lo suficientemente incauto como para preguntarle o alzar voz alguna.

Khaldun no tiene más remedio que escucharle y callar, dejarse llevar, pues su visión se ha fundido con la de Él. Y entenderle, pues es fácil entender a aquel que sabe. Y Él se lo muestra todo, repasando el viaje de su vida por enésima vez en su tiempo interminable. Su Camino, el mismo Camino, hacia adelante, hacia la oscuridad, y más allá. Y aunque luego, al difuminarse los vapores en el aire, lo olvida casi todo, como casi siempre, en adelante Khaldun ya no se encuentra tan desorientado de nuevo. Se encuentra de hecho, con que ha adquirido una suerte de propósito difuso, en el horizonte, y ve poco a poco su miedo eterno reducido a un ligero temor apremiante, aderezado con la excitación de la esperanza. La esperanza de que la muerte no sea tan solo el final.

12.

Después de esta serie de revelaciones atroces que solo se ven y se escuchan en la mente, Khaldun recupera la realidad, se ase a la cordura que casi se le ha escapado. Por pura suerte, el último de sus dedos, el meñique, aún está en contacto con el suelo sólido y gracias a eso puede volver al mundo y el tiempo al que pertenece, y salir de los abismos a los que se ha vuelto a asomar con gran imprudencia. El Caminante le deja ir, también, pues si él quisiera podría conservar la mente del niño como el que guarda un insecto en un frasco de cristal para verle enloquecer. Despierta. Se aferra a la arena del desierto y la aprieta con fuerza, cierra la boca y los ojos, respira el aire cálido del amanecer, siente los poros de su piel, su persona, es consciente del regreso a cada célula de su ser.

Kairn no dice nada, ha mantenido la mirada perdida en la lejanía desde la llegada a la diminuta mancha de olivos muertos donde se han detenido, incluso durante las convulsiones lisérgicas del niño de ojos blancos. Khaldun es consciente del sinsentido que sería tratar de hablarle a su compañero de los retazos que han quedado como el regusto de un mal trago en su mente tras las visiones. Casi no es capaz ni de hablarse a sí mismo sobre eso. Ni tampoco de revisitarlo en esa parte dañada de su memoria en la que ha quedado grabado con un cincel incandescente de fuego malvado, olvidándose a la vez en la consciencia más inmediata. Por eso, con una inusitada tranquilidad que se ha posado sobre él unos segundos después de regresar a sí mismo, como una gasa empapada de bálsamos para curar una mente herida, procede a abordar el siguiente tema, incipiente en su lista de preocupaciones mundanas como un leve pero persistente picor mental.

—Ya sé hacia donde tenemos que ir después de Qantir.

—Bien.

—Imagino que tú también has notado al que nos sigue, ¿verdad?

—Sí —Kairn sigue sin mirarle.

—He visto los destellos de un catalejo o algún otro tipo de cristal durante el día, bastante lejos. Y durante la noche llegué a ver varias veces una luz roja en el desierto, diminuta, que avanzaba tras nosotros. No ha hecho un gran esfuerzo por ocultarse, quien quiera que sea.

—Es Azogue, la criatura de los jerarcas. No se oculta, ni tampoco se detendrá. Yo me encargaré de él cuando llegue el momento. Es por eso por lo que estoy aquí.

Kairn tranquiliza un poco a Khaldun con estas palabras. El niño se recuesta dolorido en la escasa sombra sin grandes esperanzas de descanso pero al menos ya orientado, conocedor del camino a seguir tras Qantir, habiendo cumplido la *casiopea* de nuevo su misión en esta empresa. Aún nota pensamientos rondando su cabeza que no son suyos, pues no los comprende, y le pesan.

—¿Azogue, eh? Imagino que es inútil preguntarte más detalles, cabeza de huevo, así que me ahorraré la saliva.

Desde su desabrido camastro le saca la lengua a Kairn, que le ignora por supuesto. Tiene muchas cosas en las que ocupar la mente, aunque ninguna le ayudará a dormirse. Entre el motor reptante del caos y ahora este tal Azogue le tienen frito, piensa ahora el niño, que aún se esconde, resistente, detrás de la gran psique en que se está convirtiendo Khaldun con todo este conocimiento inalcanzable para un ser normal de su especie.

Con lo a gusto que se estaba siendo un miserable, sin saber nada de nada... piensa el niño, y cierra los ojos, sin esperanzas de obtener descanso alguno.

* * *

Arropados por fin por el nuevo anochecer, avanzan una vez más hacia la creciente negrura. Khaldun trata de recordar lo que se le ha dicho durante su visión, pero las revelaciones vuelven tan solo en forma de enigmas turbadores, y no consigue entender el significado de este nombre que desde que ha despertado ronda su mente como un intruso esquivo, el Caminante... No quita ojo a Kairn, que va delante, pero tampoco deja de mirar hacia atrás, atisbando las dunas que danzan borrosas bajo la luz de la luna, y divisando a veces inequívocamente el haz de luz roja que les sigue. Su perseguidor no se detiene ni se oculta, a sabiendas de que sus víctimas saben ya de su presencia.

Poco después de su partida, los faros deslumbrantes de Qantir se alzan al fin frente a ellos, reflejados en sus pupilas cansadas. Tras tratar de reposar allí un día y adquirir nuevas monturas, Khaldun sabe que deberán enfilar ya sin tapujos hacia el gran sur. Hacia el final de su viaje, que quizá resuelva su destino, para bien o para mal.

Al acercarse el final del viaje, en que las cartas de cada jugador habrán de mostrarse por fuerza, se ha visto drásticamente reducida su confianza en el titán que le acompaña. Los ojos brillantes de Kairn le han observado cada vez más anhelantes durante los últimos días, como si continuamente pensara en arrebatarle algo suyo que él ansía, quizá la vida. Aunque Khaldun le cree más atraído hacia las pocas piedras rosas que aún guarda en su bolsillo, y piensa que pronto tratará de arrebatárselas, quizá una vez que le haya conducido hasta la torre enterrada, una vez que él y su amo Iago ya no le necesiten. La paranoia y la inquietud con las que el síndrome de abstinencia de *casiopea* intoxica la mente se hacen más poderosas a medida que avanzan, al igual que el poder de la droga.

De alguna forma, sospecha que no existe una gran diferencia entre

Kairn y este ser al que llaman Azogue, y no puede olvidar la imagen de las heridas sin sangre en su costado. Ha decidido quitárselo de encima en cuanto se presente la ocasión propicia, y la ocasión propicia tiende a presentarse siempre en algún momento de las noches desbocadas de Qantir.

* * *

Azogue también vislumbra Qantir en la distancia, y con una repulsa que es tan dura y tan fría como el acero que sustenta su cuerpo, continúa sus zancadas sobre la arena, que tiembla ligeramente bajo sus pies.

Cuando él, que ahora se alza como una mole oscura frente a los hombres corrientes, no tenía aún más que una diminuta conciencia y un cuerpo informe, antes de que hicieran con él lo que hicieron, alguien le susurró aquellas palabras. Ahora piensa que debió de ser uno de los mayordomos de los jerarcas, uno de los arcontes que, contra todo pronóstico, había recuperado naturalmente la capacidad de sentir, y que con disimulo lo ocultaba para no resultar desechado. Al verle allí postrado, en la sala infame donde se administraba el dolor, profunda en los sótanos de hueso de la torre de Kha, allí donde ellos insuflaban nueva vida a sus criaturas para gran ofensa y aflicción de la naturaleza, le susurró aquellas palabras. *Tu madre, niño... Tuviste una madre, en Qantir, se llamaba Shea. Tú fuiste ¡Naciste!*

Tan solo años después pudo recordar esto, cuando algunos recuerdos retornaron como punzadas de dolor a su mente en desarrollo. Azogue supo entonces que fue, que nació, y aquellas palabras quedaron inscritas como una profecía para siempre en la oscuridad de su limitada razón. Pero nunca dijo nada, por supuesto, pues no era para eso para lo que le habían dado de nuevo la vida.

Mucho después, cuando tras años de fiel y atroz servicio los jerarcas le proclamaron en secreto como su mejor acólito, y en una alianza poco común le enviaron al este a perseguir a un niño, supo que quizá viera Qantir por fin. Pero su mente es más artificial que humana ahora, sintética, ficticia, y no le permite pensar en su madre sin que un gran dolor le acompañe. Un dolor físico, literal, implantado con sangre y electrodos como una guarda para evitar que se aviven pensamientos que podrían llevarle a la perdición, o a la lucha tenaz por la liberación y la ruptura de su yugo.

A lo lejos, Azogue ve su cuna, luciendo como una joya de destellos venenosos en el desierto. Y odia a los hombres que viven allí, porque fueron ellos los que permitieron que se llevaran a su madre. Por eso, sin pensarlo, turbado por fuerzas que ya no sabe si han sido programadas o provienen de lo profundo de su alma atrapada, estruja la cabeza de los dos guardias que le preguntan en la puerta, hasta que sangre acompañada de una substancia gris más espesa les brota profusamente de las orejas y de los ojos. Después camina desorientado por las calles bañadas de brillos mórbidos de neón, en mitad de una noche llena de actividad frenética y maligna. Los cautivos de la noche de Qantir se apartan de la mole entre asustados y divertidos. Se cruzan miradas curiosas entre las mujeres de la noche y amenazas veladas de hombres maleantes que planean dispararle por la espalda para comprobar si es capaz de sangrar.

Y en uno de los establos ve a los lagartos verdes que ha estado siguiendo durante varias semanas, y un dependiente de piel cetrina le dice con malos modos que han sido vendidos al establecimiento a cambio de unas monturas más vigorosas y un puñado de monedas de oro de las Dunas. Después, Azogue le parte el cuello al dependiente, poseído por una furia oscura. Pues en aquel joven mezquino ve el reflejo de su vida perdida, e imagina los ojos de su madre.

13.

Khaldun en cambio, ha olvidado las penurias de las últimas semanas y ha decidido dejarse llevar por el licor de huevo que los alquimistas de Qantir elaboran en destilerías macilentas y distribuyen de forma gratuita por toda la ciudad, dios sabe con qué fin. Vuelve entonces a ser joven y a abandonar grandes propósitos en favor de los placeres más inmediatos de la noche.

De repente, echa a correr como un loco y deja atrás a Kairn, que lleva las monturas con cuidado por la calle abarrotada y le grita que no se aleje, con sus ojos cóncavos confundidos por la enfermiza luz y los sonidos extraños de Qantir. Khaldun ha decidido no volver a verle si puede evitarlo, y robar otra montura para continuar a la noche siguiente, no sin antes desparramarse un poco usando las monedas de la bolsa que le ha birlado a su ex acompañante.

Así que las monedas van aquí y allí, brebajes se vierten frente a él, y pechos suaves y grandes le rozan la nariz. Qantir permite que el visitante gaste y se divierta casi de cualquier forma imaginable, siempre que no vaya buscando líos y no se salga de las zonas acotadas. Los barones de la noche mantienen la ruleta del vicio girando a velocidades endemoniadas sin llegar a dejarla descarrilar del todo, o al menos no dejarla descarrilar tan a menudo como uno se esperaría tras un primer vistazo a la locura. Pues la ralea que allí se junta conforma una excitante amalgama de todos los individuos de grandes peculiaridades e historias terribles que andan más o menos perdidos en la locura de la soledad y la escasez del desierto circundante. Y allí tratan de escapar mediante un delirio conjunto, por unas horas al menos.

Khaldun se cruza con hombres de largos cuellos que nunca ha visto antes, y se queda mirando a un tipo de ojos rasgados con un sombrero y un pájaro encorvado de piel cuarteada tranquilamente posado sobre sus hombros. También ve criaturas de proporciones inmensas domadas y torturadas para diversión de los foráneos. Algunas peleando entre ellas, o contra gladiadores armados con redes y hierros candentes, empujados unos contra otros en pozos teñidos de sangre y rodeados de fanáticos enardecidos por la visión de la muerte. Hay allí también un templo de color verde consagrado a un nuevo dios al que llaman Sukhos, representado como un gran reptil de fauces perversas que cuentan vendrá en tiempos del porvenir y caminará por la tierra.

La *casiopea* y otras drogas abundan, y los que las toman andan desorientados, chocándose con todos, y son despojados de sus pertenencias. Khaldun ha escuchado rumorear que algunos son llevados a un sótano oscuro donde un hipnotizador les roba sus recuerdos. Muchos despiertan de la noche de Qantir habiendo perdido algo más que unas monedas. La vida, o la memoria, son bienes a proteger allí con uñas y dientes.

En un tugurio cualquiera, a una hora imprecisa de la madrugada, después de una serie de coincidencias y encontronazos, Khaldun termina sentado con un tipo que conoció hace muchos años en el oasis de Rajún. No es más que un desarrapado de bolsillos vacíos y muerte acechante, pero de alguna manera al niño le resulta reconfortante comprobar que algo de su pasado sigue siendo real, y no se ha diluido todo en el torrente salvaje en que recientemente se ha convertido su vida. Entre grandes sinsentidos, el naufragio de hombre que tiene delante le cuenta que el oasis en el que pasó gran parte de su niñez ya no existe, pues algo surgió del lago una buena mañana y devoró casas de chapa y gentes indefensas por igual, escupiendo y eructando luego huesos y cosas a medio masticar por los alrededores en todas direcciones.

Nadie ha vuelto a acercarse demasiado, le cuenta aquel tipo, pero la gran mole gris e informe se puede ver desde lejos, recostada como un rey en su trono de huesos, protegiendo sus dominios. Claro que él no estaba allí para verlo y todo lo sabe de oídas. Son historias que el viento del desierto lleva y trae, lanzándolas al aire como un trovador desbocado. Pero lo cierto es que el mundo parece estar cambiando, y horrores que dormían latentes durante muchos milenios despiertan. ¿Quién puede saber si aquello que parecía moverse en la profundidad del oasis cuando Khaldun buceaba allí años atrás no volvió al fin a la vida, y Max y Havoc y los demás asiduos de su juventud no yacen ahora flotando bocabajo en los jugos gástricos de un monstruo cebado? Quizá *casiopea* decida mostrarle lo que realmente pasó algún día.

Por mucha verdad o mentira que haya en sus historias, Khaldun enseguida se cansa de aquel hombre de ojos juntos y maneras hirsutas, y en una de estas no espera a que vuelva de la barra con nuevos brebajes. Sin darle muchas vueltas al asunto de Rajún, se desliza de nuevo en el torrente sanguíneo de indeseables que recorre imparable las arterias de la urbe. La noche es joven.

En las horas cada vez más tempranas, Qantir sigue creciendo en torno a un explorador de los misterios de la noche como un viento augurio de tormentas, con la promesa inquieta de un pregón apocalíptico. Los cuerpos rígidos, alterados, desfilan con desesperación a lo largo de sus pasiones, esclavos de ellas, con las manos como garfios haciendo acopio de los últimos destellos de placer antes del final inminente y las frentes perladas de decadencia. Todo parece a punto de derrumbarse, como un gran imperio extinguido en la antigüedad.

La perla perversa del desierto puede resultar tan abrumadora como una gran bofetada en la cara, una bofetada de un loco que se ríe furioso. Un lugar excepcional, rocambolesco, hiriente, que apela al hedonismo y la degeneración que existe en cualquiera que haya tenido el valor para acudir allí con el objetivo de perderse en un mundo que a veces parece evolucionar hacia afuera de la realidad.

Pero lo que va a ocurrir esta noche va aún más allá del surrealismo sucio que se despliega en una noche sin luna cualquiera en las calles embarradas de Qantir. Pues en esta noche cualquiera hay allí fuerzas que pocos entienden y que casi ninguno puede hacer frente. Azogue ha roto sus ataduras mentales, debilitadas por la lejanía de sus maestros, y ha abandonado la poca discreción que quedaba en su misión. Ya ha matado a tres personas, y lo siguiente que Khaldun ve en uno de sus frenéticos cambios de sótano es un niño negroide que corre sudoroso y despavorido.

—¡Un monstruo está en la ciudad! —grita. Y muchos ríen.

Entonces un cuerpo sale disparado por la ventana de uno de los locales de *casiopea*, donde la gente alucina en conjunto y pocos llevan ropa. Está muerto y ha sido disparado por un arma de altísimo calibre, parece, pues de su cabeza poco queda más que una masa pulposa irreconocible. El cuerpo cae en la calle polvorienta y los restos se esparcen como agua grumosa. Muchos ríen. Pero Khaldun sabe que esto es serio, pues en ese antro de donde salen cadáveres disparados ve el mismo haz de luz roja que ya ha visto antes en el desierto, siguiéndoles. Y entonces desea que Kairn aparezca y lamenta su separación.

Empieza a moverse deprisa e intenta perderse. Un drogado le vomita junto a los pies e intenta agarrarle, pero Khaldun le corta un dedo sin piedad con el diminuto cuchillo en forma de garfio que en esas noches delirantes nunca abandona el hueco entre su dedo índice y medio. Ahora casi corre, aunque esa es una buena manera de llamar la atención y lo sabe.

A su espalda se escucha una explosión y dos gritos, uno de miedo y otro de dolor, y varios pistoleros que se han calzado los sombreros van hacia allí, hacia el lugar del que otros huyen, con los trabucos cargados y en ristre como valientes de otras épocas. Aquello ya se ha desatado bien, y muchos, demasiados, aprovechan la confusión para robar bolsas de monedas, o para rebanarle el pescuezo alguien cercano que les había mirado mal. Khaldun ve a un hombre de poblada barba azul desenvainar un extraño sable dorado, agarrar de la cintura a una joven diminuta que andaba en el lugar equivocado, y echar a correr profiriendo gritos y lanzando tajos a diestro y siniestro.

Un edificio se viene abajo tras una explosión seca que hace pitar los oídos. Se oyen disparos y una lanza vuela en el aire. El polvo del derrumbamiento ha cubierto ahora parte de la calle y esto tan solo hace aumentar aún más la excitación y la violencia de los desquiciados allí reunidos. La delgada membrana que sustentaba la ley de Qantir se ha quebrado. Cuerpos y almas vuelan y huyen de sus dueños, perdidos para siempre. Es un polvorín que estalla, un huracán anunciado por un viento que ha crecido durante años. Si nadie lo para, a la mañana siguiente no quedará piedra sobre piedra, o alma incorrupta sobre cuerpo vivo.

Algún malvado ha abierto la jaula de una de las bestias que eran exhibidas como trofeos, colgando en una de las plazas. Una fiera de la oscuridad que parece tener tan solo pelaje negro carbón, fauces e instintos asesinos, y que se recrea con sus víctimas antes de degollarlas por placer. Mejor evitar la plaza. Por suerte Khaldun es un gran corredor urbano. Se desliza como una anguila entre las columnas de acero y las paredes de chatarra o de ladrillo, esquivando manos con cuchillos, balas que viajan al azar o puñetazos que rompen mandíbulas.

En un momento dado se encuentra de frente a un auténtico hombre lobo, un individuo que ha perdido todo contacto con la inocencia de las personas, si es que alguna vez lo tuvo, y ha sido dominado totalmente por un instinto animal que solo ansía sangre y lujuria. Con la lengua fuera y las ropas rasgadas y ensangrentadas, se arroja sobre el muchacho con intención de devorar sus huesos. Khaldun ha vivido esto antes, no es un cualquiera. Sus sufrimientos del pasado le han enseñado a esquivar y a golpear, y a tratar con cuerpos mayores que el suyo. Es el propio peso de la criatura, ex-hombre, el que se hunde en el cuchillo, y no al revés, pero la sangre brota igual y el daño está hecho. Con un alarido, enloquecido por el dolor y el fracaso de la vida, el hombre lobo se retuerce sobre su víctima y verdugo, y Khaldun escapa, aunque no pudiendo evitar que el cuchillo quede allí, enterrado en la carne trémula.

Mientras unas manos que tratan de aferrarse a la vida le agarran el pie con una mezcla de odio y súplica, él analiza fríamente su próximo curso de acción y sopesa sus probabilidades de supervivencia en aquella jungla de impulsos asesinos. No tiene tiempo de pensar en la vida que ha arrebatado por necesidad, le puede el pragmatismo de la supervivencia. Decide que el ras del suelo supone una muerte casi segura, pues allí han caído los más perturbados, y los que aún conservan algo de cordura han subido hacía arriba, trepando literalmente sobre la evolución, buscando santuario en el aire puro del desierto que sopla sobre las azoteas.

Cuando está a punto de enfilar las escaleras más próximas, unas en las que antes había habido un bazar de compra venta de serpientes, un haz rojo le traspasa. Puede verlo en la escalinata, donde algunos ofidios libres se contonean sobre jaulas rotas y también tratan de sobrevivir, y luego no lo ve porque se ha posado en su espalda como un sello de muerte. Entonces salta felino, como solo puede hacer un niño hermanado con la miseria, agarrándose con toda la fuerza de sus brazos flacos a la supervivencia de las cucarachas. Y todo el mundo a su alrededor parece estallar. Con polvo y serpientes en el aire, y pedazos de escalera que llueven a una milla de allí.

No se explica cómo puede ser posible que esté vivo, pero no es momento de existencialismos, la angustia acuciante de la muerte acecha de nuevo y desplaza toda cuestión filosófica. Sobrevivir aquí y ahora, esa es la cuestión. Así que se incorpora y sube por la ruina de escalera que el disparo de dios sabe qué arma inconcebible allí ha dejado, pero no sin antes lanzar una mirada de menos de un segundo a la calle que abandona. Al hacerlo atisba una descomunal figura corpulenta y humanoide, alzándose como un golem sobre el polvo y la destrucción. Un monstruo construido de músculos y hierro colado, portando un haz de luz roja brillante en el hombro, heraldo de un cañón que despide sentencias de muerte en vez de balas. Correr. Correr correr correr. No es el momento de morir.

No se acuerda de qué demonios estaba haciendo en Qantir y no le importa su misión, su mente se ha reducido también en cierto modo a la de un animal, pero no es un depredador como el de los cañonazos, sino un ratoncillo que escapa con gran habilidad y método. Un experto en un tipo de supervivencia que solo se tercia para criaturas pequeñas y sufridoras. Por eso nunca le han atrapado, y está vez no será diferente, aunque ha estado rematadamente cerca, como él bien sabe.

Vamos. Otra historia que contar. Subiendo por una tubería como una rata nerviosa alcanza los tejados, su territorio habitual, donde se siente incluso cómodo. Aunque allí también están los piratas de las azoteas, gentes que rara vez bajan al suelo, y que viven de los tallos que crecen entre las grietas, y de los manjares que pueden robar a través de ventanas, o cuando saltan al abordaje de otras azoteas. Ellos hoy, como siempre, lo ven todo desde arriba, y cuando atisban a Khaldun saltar entre tejados como una alimaña de ciudad casi piensan que es uno de los suyos. Pero no lo es, y uno lo señala con un grito cruel y juvenil. Así que mientras otro observa su progresión con un catalejo, un tercero le dispara a su señal, pues es así como lo hacen en momentos de peligro en los que no quieren dar a conocer su posición oculta. Y un balín atraviesa la pantorrilla de Khaldun como la exhalación de un escalofrío, o de una mala memoria que vuelve a la conciencia con una quemazón repentina.

Por suerte, estos piratas de mala muerte solo cuentan con armas fabricadas por ellos mismos con piezas de hojalata, y sus balines no son nada más que piedrecitas diminutas de metales que han fundido y han moldeado en forma de esferas. Pero es realmente un mal momento para recibir un balazo, sea del tipo que sea, pues Azogue sigue su avance implacable a ras del suelo, y parece que pueda destruir los edificios más endebles de un solo puñetazo, y los más resistentes de dos. Qantir no es una ciudad con un gran urbanismo. Así que Khaldun maldice a aquellos desgraciados y a su puntería, y sigue saltando como puede pero ya con su agilidad mermada por el dolor y la sangre que le brotan, tratando de ponerse a cubierto de todos sus perseguidores y de los edificios que se derrumban por doquier.

14.

Azogue ha perdido el control, otra vez. Hacía tiempo que no sucedía, y los jerarcas se habían confiado, regodeándose como siempre ante la contemplación de sus creaciones odiosas con el orgullo de reyes encumbradas a un estado semi-divino.

La última vez que algo así ocurrió, a punto estuvo de venirse abajo la torre de Kha, su lugar de nacimiento. Lograron controlarle a base de latigazos mentales y terapias de electrodos. Pero las barreras se han debilitado en la lejanía, ante la visión y el significado de la ciudad de Qantir, lugar de origen de la única conexión que aún liga a Azogue con el mundo de los mortales. El significado para el muchacho que fue robado de su madre, el que no fue bautizado Azogue, recordado por él y olvidado por los jerarcas en su arrogancia.

La fuerza latente de la memoria ha roto los sellos arcanos impuestos sobre su identidad, pero detrás solo quedaba ya locura. A Azogue ya no le interesa seguir a Khaldun hasta la fuente de la sustancia conocida como *casiopea* (que en cantidades respetables también corre por sus venas), y una vez allí apoderarse de todas las rocas posibles y marcar la localización para sus amos, como rezan las órdenes que se le han grabado a fuego en el frontal de su entendimiento. Azogue ahora solo quiere furiosa venganza, violenta destrucción y muerte en masa, aunque él no es siquiera consciente de ello, pues en su cerebro solo existen impulsos y recuerdos verdaderos y falsos que han chocado y han olvidado su origen, no hay ya voluntades ni propósitos. Podría destrozar y matar durante semanas, hasta reducir su mundo a montañas de calaveras y ríos de sangre, y no llegaría a estar ni un ápice más cerca de la liberación o de la salida de la existencia que busca con tanta desesperación.

Solo hay una cosa que adivina en la lejanía borrosa de su antiguo entendimiento, desde el pozo de locura en que se encuentra su razón: el niño que corre y salta tiene algo especial. Un destello se adivina en su bolsillo, un marcador rosado en un mundo de borrones blancos y negros. Algo que él también lleva dentro. Quizá sea ese niño el culpable de todas sus desgracias.

Para añadir aún más leña a la desdichada serie de catástrofes en la que Khaldun se ha visto envuelto, como un madero inerte que es empujado corriente abajo por un penoso río, está amaneciendo. El cielo se va coloreando lentamente desde las regiones ignotas del este, y esto significa que escapar del polvorín de Qantir va a ser muy difícil de aquí a unas horas, cuando las arenas abrasen y se formen espejismos en todas direcciones alrededor de la ciudad. La muerte por desierto es peor que la muerte por un balazo, o que la asfixia de ser estrujado en un abrazo rompedor de huesos por la criatura Azogue, piensa Khaldun, aunque no está seguro, pues nunca ha recibido un balazo mortal ni ha sido estrujado hasta la asfixia. Todo lo relativo a su muerte no son más que especulaciones.

Desesperado, corre, corre y de vez en cuando mira hacia abajo, para ver como Azogue despedaza a varios brutos que intentan golpearle con martillos y hachas con el objetivo de probar su valor y su fuerza. El gigante no sangra. En un segundo en el que no le queda más remedio que parar para hacer acopio de aire, por fin puede detener su horrorizada mirada debidamente sobre aquel monstruo y observar su aspecto. Un segundo, nada más...

Sin duda, Azogue está muy por encima de todo lo que Khaldun

incluiría hasta ahora en su clasificación personal de lo más sobrenatural o lo más horroroso que ha visto, y recientemente ha empezado a considerar que lo que ha visto no ha sido poco para alguien tan joven. Algún día espera poder enumerarle esta lista a Tristan, su amigo de las Dunas, el único que a veces parece que le escucha.

Kairn, del que sospecha los mismos orígenes anti-naturales, ya le había definido como una ´criatura´, y no como otra cosa. Y de criatura tiene un rato, pues su facha es material de pesadillas. Su aspecto monstruoso está ridículamente lejos de ser camuflado tras la farsa de su fisionomía humanoide y sus exiguos ropajes de tela. El muy deforme tiene un hombro hinchado, mientras el otro aparece normal, si acaso demasiado enjuto comparado con el resto de su cuerpo. Su cara carece de nariz, y tan solo dos orificios dilatados ocupan el espacio bajo sus ojos inflamados y brillantes de un rojo llama. Como cabellera tan solo luce una exigua mata desaliñada que surca su cráneo de frente a nuca como una cresta de lagarto. Sus brazos... Sus brazos son descomunales, hinchados, capaces como se ha dicho de derribar edificios. Y parecen movidos por energías que brillan con un ligero resplandor rosado en el interior de las palpitantes venas que sobresalen de cada músculo cuando se activan y se mueven con quirúrgica precisión.

La 'criatura' es al tiempo un portento y un horror, creado sin lugar a dudas por las artes de la *Magique*, que en él han sido empleadas con especial maldad. Khaldun se estremece un momento al pensar en los rumores, en los secuestros y en las especulaciones que siempre han existido en torno al origen de los arcontes que los jerarcas han utilizado desde que llegaran al desierto para sus tareas mundanas y para mantener su dominio a través de la fuerza y el terror. Como en respuesta a estos pensamientos del chico, Azogue grita con furia y su garganta inhumana expele una voz metálica que deja helados a varios de sus atacantes. Tres o cuatro más no tardan en morir de las formas más dolorosas, sin decoro o ceremonia alguna, arrollados por la violencia del mundo.

Una de sus cabezas es desterrada de su cuerpo con gran

vehemencia. Tras volar un trecho, choca contra el muro de latón justo al pie de la extraña morada de hechicero sobre la cual se encuentra Khaldun, dejando un grafiti de sangre. Esto hace que Azogue advierta al observador, diminuto, medio paralizado en ese segundo para tomar aire que al final han sido cinco, por haberse quedado el niño más niño y más asustado que nunca al contemplar las palpitantes venas rosadas de la mole. De nuevo, repite unas palabras en una voz que se expande aguda y grave al mismo tiempo, con acordes asonantes y resonancias huecas, profundas. '¡Kash-Y-Peah!' se llega a entender. Y el bolsillo de Khaldun palpita también, con un ligero vibrar que le sube como un espasmo repentino por la pierna. Es hora de volver a correr.

Azogue le arroja el cuerpo de un desgraciado que sisea de dolor y entra por una ventana justo a los pies del chico que corre por los tejados, provocando un gran estruendo de vidrios rotos y gritos femeninos en el interior. Hay que llegar a la muralla exterior, las arenas y la muerte por sofoco parecen a estas alturas un lugar seguro frente al griterío y los humos negros de fuegos que ya se empiezan a espesar sobre el aire viciado de Qantir.

Una ciudad sin apenas cuerpo de seguridad, sin sistema de depósitos y canales que movilicen agua para combatir incendios, sin vía de escape. Tan solo un conjunto de paupérrimas construcciones amontonadas por la avaricia y asociadas por el puro interés de atesorar el vicio nocturno de un erial de sufridores. Quizá sea mejor que todo arda hasta bien entrada la noche siguiente, y que los fuegos atisbados en la distancia, los humos corruptos y los rumores de la terrible suerte de Qantir alejen de allí a cualquier incauto al que la curiosidad anude el estómago en sus viajes por el desierto.

Khaldun pasa de un salto junto a un torre con tres relojes, ninguno de los cuales parece marcar la hora del fin, y allí se resbala, pues los nervios y el dolor le han sacado de sus casillas, le han entorpecido las articulaciones, que ahora e doblan como juncos ante la presión. Cae, y queda agarrado precariamente a un canalón que existe sin sentido pues las lluvias hace tiempo que allí no caen. Khaldun bendice el sinsentido, no obstante, y aguanta tres segundos completos colgado en el aire frente a los tres relojes que ahora sí parecen indicar que el apocalipsis de Qantir ha llegado, y retumban con unas extrañas campanadas de latón. Después cae y pide al destino que el dolor sea breve. La cornisa donde se ha producido su resbalón revienta en mil esquirlas con la luz cegadora de una explosión rojiza. Pero a él lo que le alcanza es el suelo, dejándole sin aire. Tras unos segundos de negrura que no existen para él, se retuerce como puede arañando la tierra en mitad de una nube de polvo; sus piernas no le responden.

Es el fin. Azogue está cerca, y en mitad del humo se alcanzan a ver los destellos rosados de sus brazos, palpitando, como rayos velados entre nubes de tormenta, y con ellos el haz de luz roja que señala la erradicación absoluta de todo aquello sobre lo que se posa.

—¡Kash-Y-Peah! —dice de nuevo la voz mecánica, como si alguien le hubiera dado demasiada cuerda a aquel aparato de destrucción masiva.

Pero hay una luz al final del camino que no es la muerte. Una esperanza para los que yacen perdidos al borde del óbito y están al mismo tiempo tejidos en algún punto crucial de los hados del destino. En el caso de Khaldun, está luz llega literalmente, en la forma de un haz blanco que surge del humo como una espada del astro alboreo: una fina calzada incandescente por la que lentamente circulan partículas de luz sólida.

Por el haz penetra entonces la energía, rellenando de muerte el resplandor y siguiendo su camino más veloz que la luz. Con la precisión de una aguja. Las partículas aceleradas golpean al gran Azogue justo cuando su figura terrible se empezaba a dibujar con la lentitud del suspense entre las volutas de polvo inquieto. Y el titán es propulsado con la fuerza de un disparo del sol, volando como una mosca insignificante ante la grandeza del lucero magno, y es estampado con todo su peso contra un elevado edificio de ladrillos azulados que estaba en el lugar equivocado en el momento equivocado. Tras un segundo de calma polvorienta, la torre entera se derrumba aplastando a la mole, demostrando que las fuerzas del universo son siempre relativas.

Del lugar de donde ha venido la luz salvadora, que a Khaldun le ha hecho evocar imágenes de los dioses y los astros más allá de nuestro mundo, aparece Kairn. Su entrada en escena casi provoca las lágrimas del niño, postrado aún en el suelo. Con fuerzas renovadas, empieza a recuperar la solidez y trata de mover los dedos de los pies para comprobar que no se ha quedado del todo paralítico.

Kairn porta un rifle con un gran cañón metálico alargado que Khaldun nunca ha visto antes. Alguien de tamaño normal probablemente necesitaría un soporte para semejante cañón de fotones, pero él lo alza con una sola mano y logra moverse hacia los escombros mientras aún apunta en la dirección de su enemigo sepultado. Se arrodilla, sosteniendo ahora el rifle con ambas manos, sigue apuntando. Sabe que Azogue no es de los que se retiran tras el primer asalto. Y allí queda apostado unos segundos, mientras se recupera cierta quietud y los supervivientes empiezan a arrastrarse con intención de escapar lo más lejos posible.

Deshecho por el golpe, sucio por el polvo, hundido por la terrible condición de su destino, Khaldun consigue poner sus huesos más o menos en orden y se contonea con andares de borracho hacia el edificio más cercano. El haz que surge como un chorro elemental del fusil de Kairn vuelve a tronar, absorbiendo el sonido y el aire a su alrededor, con una vibración implosiva. Khaldun prefiere no mirar. Los escombros y el mundo retumban luego como si la ciudad entera acabara de hundirse.

Las cosas no han ido demasiado bien en el exterior y los espacios abiertos de Qantir, quizá sea hora de probar los oscuros y congestionados rincones de uno de los antros cualquiera, y así quizá conseguir ocultarse de los titanes que pelean por él a sus espaldas como amantes despechadas. Quizá los sótanos acojan al niño perdido que se esconde del mundo, como muchas veces han hecho antes.

La puerta que elige es una sencilla plancha roja de metal. Al abrirla, Khaldun se encuentra de bruces con uno de esos recovecos oscuros y maravillosos que han logrado, de una forma u otra, permanecer ocultos a los ojos de las masas. Con pupilas doloridas observa un amplio salón de paredes ornamentadas en terciopelo rojo y a unas gentes extrañas dispuestas en posturas deslavazadas sobre cojines y diversos asientos y tumbonas. La oscuridad es exclusivamente velada por la luz huracanada que penetra cuando Khaldun abre la puerta. Esta se cierra rápidamente tras él, como un resorte. Después del destello intruso, tan solo unas extrañas joyas que cuelgan suspendidas de hilos invisibles reparten brillos espectrales y voluptuosos sobre los muros granates, girando lentamente y barriendo el polvo en suspense.

Los humos de la *casiopea* flotan como meandros en el aire, y una orquesta está tocando una extraña música, despacio. Los movimientos de la música se conforman de notas disonantes que invitan y seducen a la mente de Khaldun. Los sonidos de la batalla que se produce fuera (que ahora también incluye a diversos pistoleros que se han dispuesto alrededor de los dos golems y los disparan por la gloria de abatirlos), quedan sordos y apaciguados, estériles en su intento de penetrar en aquel santuario de magia.

Khaldun nota rápidamente los efectos de la droga en el aire y observa que junto a los quemadores de latón, los presentes, durmientes, sostienen en sus manos apretadas piedras rosas de tamaños insólitos. ¡Cómo puede alguien permitirse aquellas dosis! Se queda pasmado. Su tamaño es más o menos lo que Khaldun podría vender troceado en un trimestre, con suerte. Parece que en Qantir el suministro es mayor que el que fluye hasta las lejanas Dunas. ¿Y qué efectos podrían tener estas dosis en las mentes, con aquel brillo y humos tan densos? Con razón la mayoría de aquellos locos yacen inertes, como muertos con ojos vívidos, con el juicio en lugares remotos, las visiones y respuestas demasiado nítidas, escarbando en la cordura con garras de fuego.

Una chica joven que aún logra mantenerse en pie baila con

contoneos de su cintura frente a los tres músicos, que lucen larguísimas barbas azules y también parecen presa de algún encantamiento que no les permite volver a la realidad. Sus cuerpos evolucionan en aparente trance, inclinados sobre instrumentos magnéticos de origen desconocido.

Khaldun intenta concentrarse, se ha quedado allí parado en mitad del caos de cuerpos silenciosos, y no es el momento de perder la cabeza. Atraviesa la estancia despacio, tratando de no pisar a los caídos, boquiabierto, mientras su entendimiento se desliza por una superficie de hielo finísimo que parece a punto de quebrarse para dar paso al abismo que empuja desde abajo. Algunos lucen cuerpos cadavéricos, semidesnudos, como si llevaran allí semanas y hubieran olvidado alimentarse o despertar.

En la esquina más oscura del otro extremo del salón, una apertura parece indicar la salida de emergencia hacia la razón, y hacia ella se encamina el vivo entre los muertos, mientras los acordes de los músicos se vuelven a su vez hacía estructuras más complejas, polifónicas, sin armonía.

En ese momento, de repente, el muro exterior del escondrijo se viene abajo casi en su totalidad. Recortada contra la terrible claridad del día que comienza, aparece una figura anormalmente grande con una cabeza deforme: Kairn. La chica detiene su danza entonces, despacio, sin sobresaltos. Nadie más se mueve, y los músicos continúan paseando sus manos flojas sobre las corrientes magnéticas invisibles de sus instrumentos, produciendo sonidos aventurados.

—¡Mirad! ¡Es el titán de la creación! ¡Eru, la Única Verdad y Respuesta! —exclama la chica, rasgándose las vestiduras para mostrar sus pechos al recién llegado, con los ojos en blanco, en éxtasis.

Esto no consigue distraer a Kairn, que da un paso, y luego otro, despacio, aquejado por magulladuras y heridas de toda clase, y se fija en Khaldun, que en ese momento corre los últimos metros hasta la salida sin poder evitar mirar hacia atrás a la descabellada escena. Pero Azogue no es conocido en sus leyendas como el Rey de los Arcontes sin motivo; su figura, que supera respetablemente en tamaño a la de Kairn, aparece tras él, indestructible, portando un gran machete rectangular. Y de un solo tajo, el brazo de Kairn, con el rifle aún asido, se desprende con violencia del resto de su cuerpo, y ahora sí, un torrente de sangre de color rojo oscuro casi negro escapa de su cuerpo, cubriendo a varios presentes que no se inmutan.

Kairn no expresa dolor alguno, pero antes de que pueda volverse para contemplar el poderío de su enemigo inmortal, la manaza de Azogue ya se ha cerrado sobre su cuello como un puño de hierro. El Rey de los Arcontes le estruja, le aprieta con la fuerza de una montaña y le levanta del suelo con un gemido metálico. De su boca deforme asoman dientes en punta, y un líquido verdoso rezuma y resbala por su barbilla. Con el cañón de su hombro, Azogue dispara entonces, convirtiendo en efímero fuego y en polvo finísimo a la chica que bailaba y ofrecía su cuerpo a los titanes, a los músicos, a la pared, y a gran parte del resto de cosas que había en la sala.

Khaldun esto ya solo lo oye, y lo imagina, porque ha salido de allí salvando la vida de nuevo en el momento crucial, y ahora circula tan rápido como puede por un corredor mugriento en pos de la luz que asoma al final. También escucha el grito furioso y átono de Kairn, y entonces tiene esperanza de que este resista y aún se oponga al Otro, con las últimas trazas de vida que queden en él.

Con las piernas algo recuperadas, y el dolor del agujero que le atraviesa la pantorrilla apaciguado por la droga, Khaldun consigue dar tumbos hasta la puerta trasera del local.

En el callejón umbrío que se abre detrás, alguien se ha deshecho de varios cuerpos consumidos arrojándolos sin cuidado sobre un montón de basura chamuscada. El chico los mira durante un segundo mientras recupera el aire: chicas y chicos jóvenes desnudos, inertes, mentes muertas. Imagina que los regentes del local consideraron que liberar espacio salía más a cuenta que alimentar a los soñantes. La piedad no tiene cabida en la noche predatoria de Qantir. Algo más allá, un pobre muro de hojalata que a duras penas aguanta las embestidas del desierto anuncia el final de la ciudad.

Los gritos y el humo siguen expandiéndose en la lejanía, sin dueño, libres. Algunos de los que quedan con vida en el recinto demencial a donde ha llegado la batalla por Khaldun parecen haber despertado por fin del trance para encontrarse con el horror real del presente. Tras el muchacho se oyen crujidos de huesos rotos y explosiones sordas, gritos agónicos y homilías apocalípticas e iluminadas, pero para él solo existe la determinación animal de escapar, sobrevivir, continuar la vida, y continuar también el viaje que le ha traído hasta estas regiones olvidadas por la cordura. De nuevo, los vapores rosados han despertado una orientación en Khaldun, una llamada. Y sus dedos acarician todo el rato la última piedra que atesora en su bolsillo.

Penetrando como una alimaña escurridiza por callejones por los que con un poco de suerte ni Azogue ni Kairn podrán seguirle fácilmente, llega hasta el muro, y más allá se respira ya el desierto. Con olor a polvo y a viento seco, el calor del día hirviendo temprano y maravillando con espejismos de sirenas, la gran extensión de nada se siente al otro lado como una amenaza.

Ya no queda rastro de la vigilancia de mercenarios sobre los muros, y los ladrones y bandidos están aprovechando para escapar con sacos cargados de cosas que serán su perdición si tratan de arrastrarlos por la arena a la luz del día. Khaldun se cruza con miradas desesperadas que le ignoran en su frenesí, aferrados a la vida paupérrima de los desheredados, como él lo estuvo también. Tratando de escapar y llevarse algo de provecho que quizá les ahorre un día de miseria, como él hubiera hecho también.

Se cuida de evitar a hombres violentos, que andan cegados por la sangre y el fuego y no le hacen caso, pero que no dudarían en cortarle el cuello si se pusiera en su camino. Después, él mismo salta el muro. Y junto con otros huidos, corre por el desierto infinito, lo más lejos posible de allí.

Un grito inhumano que se asemeja a una gran resonancia de hojalata se eleva en la lejanía, aplastando a los demás sonidos de la ciudad agonizante. Azogue aún le busca, errado, en la ciudad de Qantir, destrozando todo a su paso y asesinando a docenas, enloquecido por la *casiopea* que bombean sus venas.

15.

Durante gran parte del día y toda la noche, Khaldun se aleja. Otros supervivientes de Qantir a los que veía escapando en la lejanía han desaparecido hace muchas horas, perdidos, o muertos, nadie sabe. Han cogido otros caminos hacia sus propios destinos, y nadie ha seguido al muchacho que va hacia el sur. Desesperado por el calor y la ausencia de un rumbo, ha consumido una buena dosis de *casiopea*. Ha calentado y apretado la piedra que le queda hasta que esta ha perdido casi totalmente su brillo. Y por eso ahora avanza como llevado por un hilo, conducido, sin casi conciencia de sí mismo o de la realidad que le rodea.

La locura del desierto es más real que nunca. La soledad infame y el grito del viento. La deshidratación del alma. Cada minuto que pasa, Khaldun se muere, y continúa caminando.

En sus visiones, esta vez confusas, aparecidas a ráfagas, ha visto que aquel desierto no siempre fue, y que allí habitaron especies más extrañas y antiguas que las criaturas triangulares que vio la noche en que se le apareció la torre negra. Lo que ve ahora es menos claro, un recital de realidades sin fronteras, difuminadas, incapaces de tomar forma y coexistir en la visión de Khaldun. Numerosos paisajes se deshacen frente a sus ojos como manchurrones de pintura que chorrean por una pared. Khaldun se detiene y grita, desesperado, porque no entiende si su cuerpo sigue siendo suyo, y teme que su alma le sea arrancada en cualquier momento por los entes sobrenaturales que tiran de su cuerpo y le muestran cosas. Y sus gritos deben escucharse en la lejanía porque nada los detiene y el viento los carga.

Pero la *casiopea* tiene planes propios y le permite seguir caminando, balbuceante. Con las pupilas escondidas y la saliva colgando de sus labios, pero aún en pie, arrastrado hacia la torre.

Algunos árboles retorcidos por la soledad se cruzan en su camino, le dicen que continúe y que ya ha pasado por allí antes, pues las energías invisibles que ahora le empujan ya le guiaron otra vez hasta la torre sepultada. Y él las resistió, y se escapó, por no entender de qué se trataban o el poder que las engendraba y del que eran parte. Porque solo un iluso ignorante como era él entonces es capaz de desobedecer a los poderes antiguos que yacen en las profundidades de la tierra. Ahora que Khaldun empieza a entender su magnitud y a atisbar sus contornos en la negrura de las visiones más terribles, jamás osaría oponerse a sus designios...

De alguna forma, él ha sido llamado, es requerido en la torre oscura, que se adentra hacia lo profundo bajo la tierra, y todo lo que le ha ocurrido no ha sido más que un destino orquestado. Es por esto que, cuando más perdido está, tras nueve días de peregrinaje por los campos de la locura, cuando su mente babeante y sus ojos en blanco han perdido el suelo, cuando sus manos tratan de asir algo que no está en el aire real del desierto, dos figuras elevadas y cubiertas en telas gruesas de color granate le recogen de su desventura y de la mano, le conducen caminando hacia el final de su viaje.

Khaldun supera de la forma más agónica la última prueba de *casiopea*, y por fin se gana el derecho a la comunión total con las rocas rosadas. Más criaturas delgadas cubiertas por telas están allí donde le llevan, en las ruinas amparadas por la noche estrellada. Observan en silencio al recién llegado con ojos diminutos que se asoman con un brillo rosado desde cuencas negras. La gigantesca torre de basalto ha surgido de las arenas esta noche, para que aquel que ha sido invitado y por fin llega penetre por su puerta abierta y conozca los secretos que allí dentro son revelados.

Y bajo el basalto del baluarte negro, grandísimos bloques rosados en la superficie y purpúreos en el interior emiten su destello, iluminando la arena del desierto con el resplandor fantasmal de una amatista.

La fuente de *casiopea*, al fin.

***

Cuando Khaldun despierta con un espasmo, pronto descubre que sufre la madre de todas las resacas. El dolor de sus entrañas es palpable en su piel, y cualquier movimiento chirría en los goznes de sus articulaciones. Todos sus músculos se crispan con agujetas como si los hubiera ejercitado sin descanso durante días.

Aunque no sabe bien cómo, pues tan solo empieza a recordar, comprende que el estado de tensión al que le llevaron las visiones que obtuvo durante su último gran éxtasis en mitad del desierto sin fin, al sur, le mantuvo el cuerpo convulso durante nueve días. Con aspavientos que asemejaron danzas bárbaras entre las dunas, algunos tan fuertes que podrían haber quebrado su columna de no haber obrado la buena fortuna. Nueve días de marcha desde Qantir. Durmiendo tan solo cuando su cuerpo caía de cabeza sobre la arena, desfallecido por el esfuerzo continuo y la falta de alimento, y despertando enseguida de vuelta al mundo del horror para continuar caminando a través de los eones.

Que haya sobrevivido es un milagro tan solo al alcance del destino, Khaldun lo sabe.

Los efectos de la droga fueron sin lugar a duda amplificados por la fuente: los colosales cristales de *casiopea* pura que se hallan ahora justo debajo de él. Responsables del fulgor enterrado que solo unos pocos han visto reflejado en la cúpula celeste. Solo en las noches señaladas, cuando los moradores de las ruinas obran su ritual de conexión con las esferas exteriores y la torre surge como un leviatán de las arenas.

Nómadas temerosos acampados en las cercanías oyeron el suave deslizar de las dunas, y creyeron ver la ilusión de una gigantesca torre negra iluminada por el resplandor, y huyeron e inventaron historias de presencias siderales y albores malditos, alejando a curiosos de la región.

Khaldun sabe estas cosas ahora. De una forma innata ya ha sentido las grandes rocas, muy profundas, descubiertas allí por vez primera por criaturas que caminaron por una jungla extinta con el poder de dioses. Intentaron explotarlas después estirpes superiores que, habiendo agotado el conocimiento de su mundo, buscaron más allá, encontrando su maldición y también su resquicio de salvación. Y ya siempre aquel emplazamiento, y otros, se convirtieron en lugares de culto y peregrinación, base de grandes ciudades y santuarios, pues la fuerza enterrada podía sentirse.

—¿Qué diablos me pasa...? —alcanza a murmurar, y sus labios se abren con llagas— ¡¿Qué estoy pensando, quién pone estas cosas en mi mente...!?

Un residuo de rebeldía contra su complejo destino aún le hace gritar estos sinsentidos y revolverse dentro de sí mismo.

—¿Quién soy? ¿Dónde estoy? Quiero volver... Quiero volver... No estoy loco. No me he vuelto loco —Khaldun grita con dolor. Y con más dolor aún recuerda que sabe casi todas las respuestas a sus preguntas. Apenas puede respirar o tragar saliva, pues su mente ya está dejando atrás a su cuerpo en este avanzado estado de conexión con las rocas.

Se acabaron las esperanzas de volver. Lo poco que dejó en las Dunas y en su mísera existencia pasada ocupa una fracción de conciencia que se está borrando. Nada de lo de atrás le importa ya, y lo de delante aún no lo comprende del todo.

Mientras se debate en este limbo mental, se da cuenta de que su cuerpo casi deshecho yace en una lápida de piedra lisa y fría, o en una mesa. Una placa de color azabache que refleja la luz trémula de un fuego en el techo. Es una habitación estanca, profunda, rodeada del peso del mundo, y tan solo una lámina de piedra levantada ejerce algún relieve en el espacio negro. En ella está tumbado Khaldun, escuálido y abrasado por el sol.

Está en el interior de la torre, que ha vuelto a esconderse bajo tierra, sin duda. Y otra vez le sobreviene esa certidumbre insoportable que no es suya. Cohabitando en su cerebro con la gran duda, pues su propósito aún no está del todo claro: el motivo de su llamada es desconocido aún.

Es como si su propio cerebro se estuviera burlando de él.

—¿Por qué yo? Yo soy Khaldun, del oasis... ¡No supe nada hasta que Havoc me dio la maldita *casiopea!* ¡Tomé como tantos otros! ¿¡Estoy muerto acaso!? —tal es su confusión en la superficie. Aunque esta sin duda proviene de su repentina, maldita clarividencia interior, y de su recién adquirida capacidad para leer los eones a voluntad.

Sin preámbulo, aviso, o entrenamiento alguno, el individuo cualquiera habría ya perdido la noción de lo sólido y del yo, como muchos otros que no superaron las pruebas. Rondaría babeando en callejones oscuros, o desecándose al viento del desierto, o saltaría al pozo más cercano pensando en el alivio de la muerte. Pero el lector de esta historia ya debe de haber empezado a darse cuenta de que Khaldun no es un individuo cualquiera.

De alguna manera, hay algo especial en él. Parece poseer cierta fortaleza que le ha permitido doblarse hasta el extremo sin quebrar. Es por eso que los guardianes de las rocas enterradas le sintieron en las ondas del tiempo, como una perturbación, una anomalía entre el resto de drogadictos de su especie para los que *casiopea* era tan solo placer y pasatiempo, y al final perdición. Le observaron cuando tocó las piedras por primera vez, en el oasis de su niñez, sufriendo efectos desconocidos para otros, obteniendo un delirio más elevado, una travesía más larga y visiones más cercanas a la verdad.

Después transcurrió un año en el que Khaldun fortaleció su

mente con la *casiopea* sin limar que abrazaba sin miedo cada vez que tenía un mal día, a menudo. Y también le miraban los encapuchados desde su santuario enterrado aquella noche, desmayado en el callejón de la duna de Khop, cuando los jerarcas activaron con sus poderes la *casiopea* de las Dunas para tratar de hallar a un *agente* focalizador que obtuviera la orientación y les condujera hasta la fuente. La noche en la que él vio la torre en sueños por primera vez.

Totalmente perdido en la oscuridad, Khaldun soñaba con las puertas indicadas, atravesándolas en las direcciones correctas. Imperturbables, pues decenios habían pasado desde que perdieron la capacidad de emocionarse, los habitantes de la fuente le eligieron para unirse a ellos, como substituto de aquellos que les abandonaban al tiempo y la descomposición. Fue invitado a unirse a aquel club de eruditos lectores del pasado y del futuro, y le mostraron el camino.

Ahora se lo cuentan con susurros velados que acarician las orillas de su entendimiento como terciopelo.

Khaldun piensa que quizá haya finalmente encontrado amigos en el mundo. Se permite el lujo de sonreír, en el mundo real, mostrando sus feos dientes.

Después duerme por fin.

16.

Durante varios días, tan solo se desvanece en la habitación oscura sin puertas, sin tratar siquiera de levantarse, agarrándose la frente ardiente como un poseso que intenta extirparse sus pensamientos malvados. Abordando su imaginación a través la puerta trasera de su mente inflamada, sus nuevos amigos le están mostrando muchas cosas. Está aprendiendo, y esto duele.

Sus ojos se vuelven pequeños y enceguecidos. La luz del fuego se apaga por fin, pues ya no es necesaria, y entonces las figuras que rodeaban a Khaldun todo el tiempo, observantes y eternamente pacientes, se acercan con pasos descalzos. Brillos rosados aparecen en el interior de las túnicas cuando sus ojos vuelven a ver, y los vapores de las rocas penetran en la sala a través de rendijas inapreciables, excavadas allí por antiguos inquilinos olvidados. La sala se inunda de conocimiento y visión. Cuando se sienten preparados, los anfitriones guían al recién llegado a través de las eras, mostrándole lo que debe ver, y pasando el umbral del presente para escudriñar furtivamente hacia el fin que se acerca.

Le enseñan a moverse libremente por la línea del tiempo, que será su nuevo dominio. Ya no olvidará lo que ha visto a la luz de la realidad, al volver del viaje, le dicen.

Khaldun viaja por segunda vez guiado. Entiende entonces el lugar de su especie en el tiempo: el instante que les ha tocado vivir y su pasado casi eterno hasta donde alcanza la vista.

Pero lo que quieren mostrarle insistentemente está al frente. Al mirar hacia lo que vendrá, al porvenir, un resplandor negro aparece en el horizonte del tiempo, como una tormenta que trae terror a los corazones débiles. Allí cuesta ver; incluso los que le guían tiemblan, las imágenes se distorsionan y se dirigen hacia las profundidades de un abismo. Y en la negrura del fondo, algo que no se puede mirar se agita. Una criatura enterrada desde el comienzo del tiempo por aquellos terribles tentáculos del caos reptante que Khaldun observó antes y no ha podido olvidar del todo: la representación física en la tierra de la vibración incontrolable que permaneció tras la explosión original. Todos saben que lo que están viendo no es otra cosa que la fuerza niveladora del caos que vendrá. El fin del mundo.

Observar *aquello* no es plato de buen gusto para nadie, pero menos para un recién llegado. Khaldun grita en el silencio y el eco de su voz inaudible no existe. Allí no tiene cuerpo, pero eso no le impide saberse frente a la encarnación del caos supremo del universo. Al menos frente a una de las encarnaciones. Describirlo después habría sido imposible, pues nadie podría empujarse a sí mismo a pronunciar tales palabras que pudieran explicar aquella masa informe que se revolvía inquieta y a punto de despertar en las entrañas de la roca, chirriando contra su jaula y respirando con suspiros que agotarían edades del tiempo. La encarnación de cultos y males pasados, la razón del miedo que sobreviene sin razón en la madrugada. Siempre estuvo allí, pero fue tan solo una negrura dormida en la profundidad, aislada e inconsciente de su propia hambre y de su propio poder. Hasta que su ciclo aleatorio de letargo termina. Despierta. Y entonces sobreviene la realidad que existe en las leyendas del apocalipsis, que todos los habitantes del mundo han compartido.

La visión de la inenarrable criatura termina de romper a Khaldun, que ya nunca volverá a ser un niño, ni a deambular perdido por el desierto.

¿A qué razón responde? Solo puede preguntar Khaldun después *¿Cuál es la causa de su despertar? ¿Y por qué ahora, en el tiempo de la casiopea?* Pero a estas cuestiones ni siquiera los encapuchados que llevan siglos viviendo en comunión con las gigantes rocas rosáceas pueden responder. El conocimiento no se otorga de esa forma, al que pregunta preguntas concretas, delimitadas. Como un oráculo, la *casiopea* suele mostrar claramente lo que no se quiere ver, y otorgar las pistas más cruciales cifradas dentro de las claves más complejas.

Algo saben con certeza, no obstante: que la criatura se encuentra debajo de la torre, pues las rocas no están allí por casualidad, sino que suponen su prisión, y están compuestas de materias parecidas a las que conforman a la bestia de las eras, incomprensibles para los mortales. Los movimientos de ella, milimétricos aún, se escuchan como gemidos de la tierra algunas noches. Se los muestran y Khaldun se estremece, sintiéndose pequeño. Una cosa desean con fuerza, aquellos eruditos: que su paciencia centenaria dé sus frutos, y que a través de las rocas que otros conocen como *casiopea* y que ellos tan solo llaman *Rô*, quizá puedan transmigrar no solo su visión, sino también su alma y su mente. Para escapar a la criatura y al destino de su mundo.

Como el Caminante, que vio el pronto final del desierto y todo lo que había sobre él. Como Khaldun, una criatura simple y perdida que ha sido tocada por un don terrible. Tan solo aspiran a trascender a la oscuridad final de la muerte.

Khaldun aprende todo esto sin necesidad de palabras, pues los efluvios que siguen manando de las rendijas son ya más púrpuras que rosados en la habitación, y el vapor cargado de lentas densidades se ha convertido en su aire y su sustento.

Pero las revelaciones han de llegar pronto a su fin, por el momento: una perturbación es detectada y la conexión se distorsiona como una emisión atacada por interferencias. Pronto pueden verlo también, gracias a sus vigilantes: un torbellino de músculos y carne se convulsiona con una fuerza antinatural por encima de ellos.

Está excavando un túnel con una extraña herramienta que consiste en un astil de madera con una cabeza metálica aplanada. Les ha encontrado. Seguramente ha rastreado a Khaldun mediante alguna habilidad o algún aparato emisor escondido en su talega. Él le ha traído hasta aquí, a perturbar la paz del templo. Y parece saber dónde se encuentra su única entrada. Se dirige indudablemente a la apertura excavada en tiempos inmemoriales por los ancestros de los guardianes en la roca negra. Por allí penetraron por vez primera en el edificio enterrado de una civilización extinta, conectado a su vez en sus sótanos más profundos con las fuentes del *Rô*.

Es hora de luchar para estas gentes olvidadas en las profundidades del desierto, que rara vez abandonan sus estancias ocultas de roca, pero cuyo poder puede fácilmente levantar en el aire al golem Kairn y expulsarlo del agujero que ha cavado en mitad de la noche.

La fusión con los vapores del *Rô* ha despertado a lo largo de los años regiones de la mente de estos encapuchados que habían permanecido aletargadas o desactivadas desde su nacimiento, por defecto. Pues aquellos seres no son sino seres menores que fueron atraídos de una forma u otra por el influjo de la fuente enterrada bajo la torre oscura, y que de una forma u otra, superaron sus pruebas. Como Khaldun. Seres menores con potenciales ocultos, pues estas partes de su mente, entrenadas mediante conocimientos antiguos provenientes de otras edades del tiempo, les han otorgado habilidades muy por encima de las predeterminadas por su nacimiento como mortales del desierto que ocupa el mundo actual.

No obstante, Kairn tampoco es una criatura ordinaria, y ahora que su infiltración ha sido descubierta, levanta el brazo que le queda en su sitio y con la voz profunda y vieja de su maestro Iago, pronuncia unas feas palabras antiguas. Las arenas del desierto retroceden de forma milagrosa ante la orden dada, y así se eleva la torre oscura a la luz de la luna, como expulsada por la tierra.

Khaldun lo observa todo con los ojos cerrados desde su lecho de obsidiana. Es entonces cuando se da cuenta de que Kairn porta la mente de Iago, y de que el anciano ha estado allí desde el comienzo del viaje, agazapado tras las facciones deformes de su creación. Y ahora, siendo guiado aún por sus nuevos mentores, puede también leer dentro de las regiones de su mente que ocultan sus designios, y la verdadera razón que mueve al viejo. No supone una gran sorpresa, pues esta es la misma que la de muchos otros, incluida la de los jerarcas, incluida la de sus nuevos amigos encapuchados de ojos púrpura: transmigrar más allá de su propio mundo, sin importar el coste, esquivar el final cercano. Trascender más allá de su cuerpo y de su tiempo.

Uno de los encapuchados se ha quedado atrás, orientando a Khaldun para impedir que se pierda de nuevo. Mantiene sus ojos brillantes de luz rosada posados tranquilamente en el niño, cerca de su cuerpo físico. Mientras tanto, los demás han surgido a enfrentar la amenaza, y están encaramados en lo alto de la torre sin ventanas, en sus puestos.

Iago tan solo exige acceso a las grandes reservas del *Rô* que allí se guardan, protegiendo y atando a la criatura que duerme debajo. Pero aquellos colonos de las ruinas, de ojos en comunión con la roca y caras ocultas por mantos, no parecen dispuestos a tolerar que cualquiera haga uso de su don ni de su posesión enterrada. Tanto Iago como los jerarcas son considerados corruptos, pues además de querer escapar como ellos, albergan también intenciones de utilizar la conexión con los vapores para obras malvadas. Por tanto, mediante ráfagas purpúreas que tan solo se ven con la mente, atacan a la criatura que se alza arrogante a sus puertas pronunciado maldiciones que llevaban mucho tiempo sin escucharse. Cada una de las descargas está certeramente destinada a destruir la mente de Iago, cuyo cuerpo inerte y anciano se halla aún en su choza de la duna de Khop, oculto en las narices de sus antiguos compañeros, a los que ahora llaman jerarcas. Pero él no carece de cierta fuerza, y resiste.

Al menos al principio, porque al poco rato, las ráfagas ya le han hecho olvidar gran parte de su pasado, y del conocimiento que ha acumulado con años de uso secreto de la *casiopea*. Se lo han borrado de la mente. De su boca real, la del anciano, cae un hilillo de saliva, y sus ojos están en blanco, concentrado en esfuerzos muy lejanos de allí. Su mente degenerada busca rápidamente las palabras de una maldición creada por las criaturas triangulares que habitaron la tierra muchos milenios atrás, y que con sus poderes aprendieron a hacer estallar las mentes de criaturas menores.

Y en el desierto, su cuerpo deformado por los excesivos músculos (hinchados de repente en momentos previos a la pelea como un último resorte de fuerza física), dispara continuamente una pistola de plasma contra las figuras que le destruyen con sus mentes. Tras muchas balas perdidas, pues el brazo con el que había entrenado a disparar al arconte era el perdido, al fin una acierta y atraviesa a uno de los encapuchados. Los cuerpos que hay tras las capas han sido descuidados en pos de la búsqueda del desarrollo mental, y no del físico, así que el proyectil atraviesa limpiamente tejidos y huesos finos y débiles. Una sola bala de plasma encapsulado es suficiente para extinguir para siempre el brillo rosado de las pupilas y hacer caer el cuerpo desde la gran altura de la torre, casi con la ligereza de una pluma.

Una explosión prácticamente vaporiza a otras dos de las figuras delgadas unos segundos después, llevándose también un pedazo considerable del bastión negro consigo y propagando una ráfaga de conmoción que restalla como cien cristales rompiéndose en la mente conjunta de los defensores de la torre. A lo lejos se ven el haz rojo y el cañón humeante que va montado al hombro de Azogue, el Azote del desierto, como algunos le llamaron también cuando su leyenda negra se extendió más allá de las Dunas. El arconte alberga la mente del jerarca Khop, sin duda el más poderoso de los tres que reinan sobre las tres ciudades, y antiguo mentor de los otros dos. Khaldun lo sabe ahora, y quiere ayudar a combatirle, pero aún desconoce los medios.

—¡Khaldun! ¡Vamos chico, devuélveme el favor! —resulta extraño observar a Kairn y su rostro inexpresivo gritar con la voz anciana y desesperada de Iago— ¡No estarías vivo si yo no te hubiera recogido de aquella vida inmunda! ¡Si me ayudas, yo te enseñaré a controlar este poder, solo tienes que pensarlo, y podrás freír sus mentes! ¡Khaldun! Yo te...

Es interrumpido por una nueva ráfaga de embestidas contra su cerebro. Como mordiscos hambrientos, esta vez se comen sus capacidades motrices y del habla, dejando a Iago convertido en un triste vegetal, con la barbilla caída hacia adelante y apretada contra el pecho, y su mente rota, desgajada. Kairn queda inerte en ese mismo momento, al dejar de existir la entidad que le dominaba. Su brazo, que aún disparaba, y sus piernas, que aún buscaban ponerse a cubierto sin éxito entre las suaves dunas, quedan inmóviles. Su cuerpo se convierte en una grotesca estatua de carne y nervios, libre al fin. Es el final para ambos.

Pero entonces Azogue abre su boca de una forma antinatural, demasiado, y de ella surge un formidable enjambre de insectos. Estas son las huestes de espías e informadores de los jerarcas, coleópteros mecánicos traídos a la vida por diminutas células de energía iónica. Casi inapreciables en soledad, conforman ahora una espeluznante visión en nubes chispeantes movidas por impulsos eléctricos alrededor de Azogue, que continua su avance incontestable.

Los guardianes de la fuente se lamentan. Al igual que la llegada de Khaldun sí fue ampliamente señalada en las imágenes difusas que vieron del futuro, ninguno de los acontecimientos que la siguieron les fueron mostrados. Ocultos por el manto caprichoso que reina en el mundo sobrenatural de los viajes del espíritu, quizá por alguna razón, respondiendo a algún designio cifrado del caos que opera de manera aleatoria sobre todo.

Con mil ojos ahora, los jerarcas dominan sus insectos, unidos de nuevo por la codicia tras años de desconfianza y rencillas, preparados para nuevas traiciones una vez que sus artimañas les hayan traído los frutos que buscan. Juntos, los campos electromagnéticos emitidos por aquellas diminutas abominaciones mecánicas se alzan como nubes de tormenta cargadas de destellos azulados en torno a Azogue. La mente de Khop, enroscada como un parásito cebado dentro de la cabeza del titán loco, queda a salvo de los ataques de sus enemigos en el epicentro de los enjambres. Y su engendro monstruoso avanza despacio, portándole, con la arrogancia de un coloso.

Tanto Kin como Kha maldicen amargamente al *maestre* Khop por sus disparos contra la torre y las figuras encapuchadas, pues aún no conocen la naturaleza o la localización de la fuente del poder que buscan. En sus mentes infectadas y envilecidas por el uso continuo de la *casiopea*, una gran nebulosa de confusión y ansiedad ennegrece como una densa sombra gran parte de las regiones del páramo de su locura. Donde antes se encontraron ideas y conceptos brillantes, ahora tan solo persiste una obsesión malsana por la transmigración de sus espíritus moribundos.

Los jerarcas han demostrado ampliamente no ser capaces de enfrentarse a los abismos de la muerte. Pero a diferencia de otros, que optaron por caminos de erudición y aislamiento, de viajes nocturnos al desierto en busca del conocimiento soterrado, ellos llevaron a cabo atroces experimentos mediante el uso pervertido del *Magique*, y pelearon y mataron por el control de *casiopea*. Esto los ha convertido en criaturas indignas, hinchados y podridos de ínfulas y vileza, a los ojos de los protectores de la fuente, los iluminados por el *Rô*, que ven más allá de la carne y los pensamientos y reciben los preceptos de criaturas más poderosas del pasado y del futuro.

La propia *casiopea* les ha evitado durante años, esquivando su impronta y concediéndoles solo enloquecedoras visiones llenas de contrasentidos y medias verdades. Nunca pudieron encontrar la fuente por sí mismos. Cuando, a su llegada al desierto, los jerarcas excavaron bajo las ruinas que habían marcado en sus mapas tras años de investigaciones, tan solo encontraron unas pocas piedras. Llevadas hasta las Dunas en la antigüedad por reyes olvidados. Las mismas piedras que hoy se les agotan y las mismas que les rehúyen, después de haberles permitido dominar ciudades y construir ejércitos y también de haber envenenado sus designios para siempre.

No habrán de pasar. Ese pensamiento común de sus anfitriones observa Khaldun desde su lecho inmóvil, mientras nuevos planes se debaten en formas crípticas entre los vigías de la ciudadela enterrada. Todos se arrepienten de su miedo a otear los eventos de los tiempos que venían y piensan que han sido castigados por los hados a los que rezan, los que eligen lo que se mostrará cada vez en los vapores.

Por su parte Azogue utiliza ahora un malvado arco retorcido y colosal, y ha atravesado con saetas disparadas con puntería sobrehumana a varios de los que aún quedaban al descubierto. Sus improntas rosadas se han apagado con un sobrecogedor silencio final en la oscuridad del firmamento de comunión que mantienen los defensores más allá de sus cuerpos. No se les llora de ninguna forma, no obstante, pues los acogidos por el *Rô* han trascendido todo sentimiento o apego hacia la vida que les rodea, incluida la de sus propios hermanos.

Cuando los pocos que quedan diseñan el plan de ahogar a Azogue en un maremoto de arena mediante el movimiento de las ruinas enterradas, que se les permite en cierta medida y en situaciones extremas, ya es algo tarde. Uno de los jerarcas revela ahora su recurso final. Azogue, el antiguo hombre torturado ahora exento de voluntad, encadenado de nuevo después de su arrebato sangriento en Qantir, se detiene y usa su brazo como si fuera una lanza para penetrar con fuerza la arena rojiza del desierto.

Bajo la superficie, se siente más que se ve como su brazo se estira y como la piel de su mano artificial se retuerce y desgarra tras varias convulsiones. Después la carne se abre dejando al descubierto un extraño artilugio metálico.

Tanto Kin como Kha aúllan en lo alto de sus torres, encaramados sobre las Dunas entre los destellos del *Magique* que han invocado.

Gritan enfurecidos y desesperados porque han perdido el escaso control que tenían sobre la entidad de Azogue.

En ese momento, con la traición revelada, los pequeños artilugios de nácar de *casiopea* que habían instalado sobre sus sienes con el objetivo de aumentar el poder de su conexión y estar a la altura del *maestre* Khop explotan. Han sido saboteados en secreto por espías infiltrados entre sus arcontes personales, ambos llegan rápido a esa conclusión final.

Con la cara ensangrentada y los cuerpos convulsionándose por oleadas de dolor, emitiendo gritos que destierran para siempre la tranquilidad nocturna de las Dunas, comprenden que su antiguo maestro no ha hecho sino conspirar de nuevo contra ellos. Entienden demasiado tarde que el pacto que establecieron para usar a su guerrero más poderoso en la lucha que vendría contra los esquivos guardianes de la fuente, y hacerse finalmente con el control de las antiguas rocas uniendo su poder, no fue sino otro engaño. Un artilugio más del ingeniero de mentiras, su mentor, que en un día muy lejano de su juventud les propuso dirigirse a los desiertos escondidos del sur en busca de los secretos y poderes de la antigüedad.

17.

Durante todo su tiempo en las Dunas, enclaustrado en la soledad llena de ecos de su torre, el *maestre* Khop (como fue llamado siempre por sus discípulos en las grandes ciudades de piedra del norte), había ahondado aún más en la locura que los otros dos. En regiones más alejadas de los caminos corruptos del miedo y de la codicia, había conocido la existencia de poderes mucho mayores que los de la *casiopea* y el *Magique* que extraían de su esencia. Y fácil de seducir, como toda alma anhelante, en sus noches más intensas con la droga había escuchado susurros que vagaban por los vientos del tiempo desde el comienzo de las cosas, y había vislumbrado la sombra de verdades que nunca estuvo preparado para digerir.

En el punto más abyecto de su corrupción y su ansia de conocimiento, había decidido que iría más allá que todos los demás y trataría de despertar a aquellos poderes que le llamaban mediante rumores ocultos en la tierra. Esperaba de ellos la recompensa de la vida y el poder eternos, y muchas cosas más. Se proponía, en su locura, alcanzar todos los límites de dominación y de supremacía en este mundo, extendiendo su legado sobre la tierra conocida. No escapando como los otros dos cobardes autodenominados jerarcas, que tan solo querían sobrevivir a sus cuerpos putrefactos para seguir gobernando sobre criaturas menores en otros tiempos o espacios. Quería por una vez obtener un poder verdadero, sobre la realidad y el cosmos.

Así, a las espaldas de Kin y Kha, había construido una potente baliza dentro del cuerpo de Azogue, creación a la que cada uno de ellos había aportado su mejor maestría. Un aparato que funcionaría a modo de antena para lanzar una señal a través de las arenas.

Quiere despertar a aquello que dormita bajo la ciudadela negra, y cuyos sueños se han alguna vez entrelazado con los suyos, pudriéndolos.

Y por desgracia para todos, y para el mundo, la artimaña funciona.

El silencio temeroso mantenido durante siglos por los habitantes, usurpadores, de las ruinas megalíticas, se rompe. El artilugio picudo con forma de garfio en que se ha convertido la mano de Azogue emite una frecuencia inaudible de energía que desciende hacia las profundidades como una sonda a lo desconocido. Las grandes rocas rosadas que han crecido allí mediante procesos minerales desconocidos, como barrera natural, imbuyéndose de la criatura, no son capaces de detener la totalidad del impulso, pues este está compuesto por su misma energía, extraída de ellas por los mortales con gran insensatez.

Y así se culminan los planes de gloria del *maestre* Khop, el mortal que consigue rozar al dios por tantos años soñado y ansiado. Es quizá el acontecimiento culminante de una era, y Khop se regocija con ello en los confines de su oscura mente, pues al fin palpa la existencia sólida de un ser superior.

—¡Morr-Kran´osh! ¡Es tu nombre! ¡Lo conozco porque me fue revelado en susurros durante mi viaje al lago Hali, donde moran tus hijos! —grita desde lo alto de su torre, y su voz se expande malignamente por los cielos y la tierra—. ¡Ahora despierta, y saluda a tus nuevos vasallos!

Y ya no necesita gritar, pues un halo extraño le rodea en su visión, su cuerpo rejuvenece y recobra la fuerza, y puede entonces verlo todo y cantar a los creadores del mundo, allá en los extraños eones del final.

Pero la entidad a la que ha despertado no es algo a lo que nadie se pueda dirigir a través de pensamientos ni palabras, pues su conciencia está erguida más allá de los planos reales, y a la vista es tan solo una masa inespecífica formada por un orden de limo negro.

No obstante, los temblores del despertar son sentidos por todos, incluidos los habitantes inocentes de las Dunas, y el no tan inocente sultán de la ciudad de los muertos, y las almas perdidas que han sobrevivido a la hecatombe de Qantir.

Enseguida, un torrente oscuro penetra en la mente de Khop. Está formado por la energía cósmica, imposible de entender por nadie de este mundo, que se ha liberado al ser rozada por su sonda. Como una mano que devuelve el roce, la conciencia de aquello que él ha osado llamar Morr-Kran´osh le toca, subiendo a través de la señal de *casiopea* hasta su fuente, sobrevolando el desierto como una vertiginosa nube invisible.

Y como ocurriría con un recipiente cerrado en el que se vertiera demasiado contenido de algo, la mente de Khop se agrieta, se resquebraja y después explosiona.

Esto tiene como consecuencia inmediata, tras la destrucción mental total, la salida abundante de un líquido negruzco y espeso por sus orificios nasales y auditivos, que no es otra cosa que su cerebro abrasado y licuado. Después, una deflagración que no es provocada por nada químico o físico destruye la mitad superior de la torre de hueso de Khop, que se derrumba sobre su ciudadela matando a docenas.

Así termina la historia del gran *maestre*, que vino de tierras lejanas a imponer su miseria sobre el desierto, y que tocó a un dios, y estalló en el proceso.

Paradójicamente, tras el despertar de lo que parece el símbolo inequívoco del fin, vuelve algo de calma en torno a la ciudadela enterrada. El violento ataque que sufrían ha terminado en fracaso, aunque una amenaza mucho mayor haya aparecido en el horizonte. Azogue se detiene, toda vida le abandona al producirse la explosión allá lejos en las Dunas, cejan las comandas de destrucción que llenaban sus venas de *casiopea* líquida. Su cuerpo cae sin vida y su cara de pesadilla se sumerge en la arena. No fue construido para albergar una mente propia, y tan solo reminiscencias y residuos de su ser original quedaban, martirizados, incapaces de conformar un conjunto que pudiera sobrevivir por sí mismo. Sin su maestro Khop, no existe Azogue, ni un final digno para su historia.

Para entonces Khaldun ya sabe que lo que ha despertado en los estratos más bajos del desierto no es un dios, es algo bastante más real e inmediato, pero igualmente, tiene el poder de destruir mundos y terminar sagas. Los otros inquilinos de la ciudadela han enmudecido un momento. Le temen, y con razón.

Cuando la ciudadela vuelve a sumergirse y las arenas se calman, las visiones vuelven tímidamente a su curso. Entonces le hablan de nuevo, con voces antiguas que resuenan en las lindes de su mente.

—Lo que había debajo ha despertado. Lo has sentido igual que nosotros.

—¿Qué es?

—El *Rô* nos permite saber y ver, y también sentir que el fin llega. Pero no todo es revelado. Algunas veces nuestras mentes andan perdidas también, y el rumbo nos es impuesto, como le es impuesto al tiempo.

—Aquello de debajo es lo que trae el fin, la oscuridad del final — Khaldun afirma más que pregunta.

—Siempre ha habido una nube negra cuando oteamos hacia adelante, cercana a nuestros días. Nunca miramos allí mucho tiempo, así que no sabíamos que así sería como despertaría, no nos fue revelado, o preferimos ignorarlo. Pero la nube que corta la línea por la que se puede viajar lleva el mismo sello que las vibraciones que hemos percibido, el mismo halo negro que los pensamientos de caos que se han colado en nuestros sueños, provenientes de la caverna interior del mundo, bajo las rocas.

—Es el sello de la criatura. La que los tentáculos que has visto en tus sueños dejaron aquí.

—¿Y nunca mirasteis más allá? Cobardes... Yo no estaré atado por vuestro miedo —Khaldun aún hace gala de la arrogancia y del valor de un niño insensato.

En un impulso decide que no se quedará atrapado en el pasado como aquellos infelices perdidos. O eso cree, que es un impulso, pues en realidad la decisión fue tomada por él, por el Caminante, cuando este puso los conocimientos que puso en su mente: la certeza de que la única manera de trascender definitivamente a la muerte era moviéndose hacia adelante y no hacia atrás. No hacia atrás, hacia las historias repetidas y los tiempos transcurridos, sino hacia adelante, hacia las promesas inciertas del porvenir.

—No sois vuestros miedos, no sois vuestras esperanzas. Sed más que eso, o morid aquí, en la oscuridad.

Hay un largo silencio después. La boca inerte de Khaldun inhala grandes bocanadas del vaho purpúreo que inunda el interior sin puertas del edificio milenario, enterrado de nuevo. Alza otra vez el vuelo, y los demás le siguen ahora a él, pues sienten curiosidad por lo que este nuevo adepto de sus periplos astrales es capaz de hacer. Al fin y al cabo, han pasado muchos años desde la última vez que tuvieron una tarde tan movida.

18.

Como ya viera antes Khaldun, al tratar de salirse del camino marcado y mirar hacia el tiempo futuro utilizando su recién adquirida autonomía sobre las visiones, una nube negra parece cernirse sobre su tiempo. La línea que guía sus movimientos como por raíles desciende bruscamente y se introduce en unas densas tinieblas, como si penetrara en un túnel sin fin, o en un agujero negro. Khaldun intenta mirar más allá, henchido de poder y valor, aspirando más hálitos de los que caben en sus pulmones. Está cansado de los mundos primitivos que ha sobrevolado en el pasado, tiene poca paciencia y grandes ansias de saber. Necesita ver si hay algo detrás de las tinieblas y la destrucción. Pero solo visiones de oscuridad y de angustia le invaden. Le bloquean la visión y le turban el juicio, impidiéndole continuar. Es paralizado por un gran pavor que penetra en su mente incauta como una fuerza invasora. Resulta desgarrador balancearse sobre el gran abismo de un tiempo incierto, donde ni siquiera los hados de los creadores saben bien qué vendrá, pues pertenece al caos que despierta, y solo él, con su aleatoria y terrible voluntad, proveerá sucesos y resultados.

Khaldun recuerda entonces, por fin, las enseñanzas del Caminante, pues es Él quien atravesó la barrera más oscura que había delante, y regresó.

Los antiguos habitantes de la ciudadela, los originales, habían sentido ya a la bestia que crecía en el útero de la tierra, acurrucada y sumergida en su propia incuria, sin conocer su propio propósito más de lo que lo haría una alimaña con necesidades de devorar para crecer. Khaldun ha visto a las especies del pasado dibujarla, imaginarla con miedo inexplicable, soñarla entre los fuegos del apocalipsis, adorarla. Pero todos aquellos seres desaparecieron en el tiempo, algunos pese a su gran pericia y arrojo mentales, algunos extinguidos por su propia decadencia.

Los adoradores repugnantes de forma triangular simplemente se fueron, emigraron sus mentes hacia el pasado, para igualmente perecer bajo las ruedas moledoras del tiempo, sin conocer jamás al monstruo y supuesto dios que vivía bajo sus enormes ciudades. Y después aún vinieron otros más primitivos, criaturas parecidas a las polillas diminutas que existen en el mundo de Khaldun, pero enormes, que surgieron de las tumbas y la podredumbre de los pantanos y dominaron el mundo durante un breve tiempo. Sin llegar jamás a desarrollar un pensamiento más allá del instinto, y alejadas siempre del desierto donde la corteza del mundo era más débil y por tanto el augurio de abajo podía sentirse. También estos seres sucumbieron a la extinción, antes de que los congéneres de Khaldun aparecieran en la tierra, surgidos del mar.

Y tampoco fueron aquellos individuos cónicos los primeros habitantes de este mundo, pues antes había habido imperios de gigantes de muchas extremidades que surgieron de los cráteres de la luna y saltaron a la tierra. Seres tan primigenios que Khaldun solo los adivina en la distancia, pues en los eones del principio las visiones se vuelven turbias, como vistas a través de un cristal donde golpean las tormentas del tiempo.

Pero hacia adelante, más allá de su tiempo, tan solo nebulosas negras, un velo que oculta lo que vendrá. Ninguna de estas criaturas poderosas del pasado pudo enfrentarse a la negrura que ahora Khaldun observa impotente, incapaz de mirar, con el corazón joven atenazado. Pues está cerca y se siente ya en el horizonte, acompañada de sacudidas en la tierra.

¿Franqueó aquella barrera el Caminante? ¿Se enfrentó a la criatura Morr-Kran´osh, para luego regresar y observar a Khaldun? ¿Qué vio más allá? ¿Quién es Él realmente?

Khaldun siente que camina sobre baldosas colocadas bajo sus pies, por alguien que logró lo que nadie antes había siquiera soñado intentar. El Caminante, pionero. Khaldun.

Y el tiempo, perpetuo pero no infinito, apremia.

—Debemos marcharnos. Aquel que quiera trascender a la oscuridad que el insensato ha despertado deberá huir, pues he visto que sus brazos están tan cercanos que alcanzarán nuestros cuerpos tal como los poseemos ahora, y será en esta era en la que el mundo se nivele.

Un pensamiento interrumpe las tribulaciones de los viajeros. Les llega en un idioma diferente, anterior a los otros.

—¿Y cómo sabremos que hacia adelante no hay nada? ¿Y si esta oscuridad ya sobrevino antes, allá en el pasado insondable al que nunca llegamos, como un fenómeno periódico de purga? ¿Y si quizá, después del polvo y la muerte, nuevos mundos surjan, y podamos verlos y habitar en ellos? —discute otro.

—Yo no atravesaré la nube negra, ni miraré al final —responde el primero, en el espacio vacío e inexistente donde debaten sus voces—, pues sé que lo que viene puede destruir las mentes errantes, también. Una vez bajé allí, y Él me vio, rozó mi mente, aún dormido... ¡Y nunca cerrará la cicatriz que allí dejó! Si viajamos hacia delante, nos verá, nos destruirá, o nos atrapará para siempre en su locura, en una pesadilla sin fin. Os lo digo, y os lo muestro.

Su dolor es entonces sentido por todos como un tumor incandescente en el centro del hueso occipital, y pueden entender su cicatriz, y ven el momento en que el hilo que guiaba uno de sus viajes de juventud se vio enredado inesperadamente en un pensamiento o en un sueño de la criatura que Khop ha llamado Morr-Kran´osh. Y todos enloquecen un poco solo con aquel centelleo.

Khaldun comprende que cuando los demás hablan de huir, lo hacen de forma definitiva. Y que el tiempo para su joven cuerpo ha terminado. Pero que al mismo tiempo, ha descubierto la manera de prolongar su existencia, quizá para siempre. ¡La transmigración mental es posible! El Caminante lo mostró y ahora él lo recuerda. Con ayuda de aquellas rocas del *Rô,* imbuidas por energía que proviene de las mismas fuerzas que traerán la destrucción al mundo, es posible realizar un salto completo, empujar más de la cuenta, dejarse llevar, y aterrizar con la mente en otro cuerpo, en otro espacio, o en otro tiempo. Eso es lo que están diciendo aquellos chiflados, con sus pensamientos, y eso es lo que Khaldun también *sabe.*

—Jamás ninguno de nuestra especie lo ha logrado, que sepamos, y muchos ancestros que lo intentaron, fracasaron. Pues o bien sus mentes fueron rechazadas y destruidas al intentar mudarse a criaturas de mayor inteligencia y poder, como aquellos que tu llamas los *seres triangulares,* o bien no hallaron un lugar físico donde asentarse y al alejarse demasiado el hilo se cortó, quedando su mente a la deriva en el vacío infinito sin momento ni lugar —la voz de uno de los guardianes le lee el pensamiento, y en respuesta piensa esto, despacio, desplazándose en torno a Khaldun como una medusa invisible —. Pero sabemos que es posible, pues hemos observado mentes provenientes de otros tiempos dirigir en nuestro mundo. Aquel al que llaman el Sultán de los muertos alberga la mente de una criatura malvada que nació en un cuerpo viscoso, en un tiempo oscuro anterior incluso a los gigantes de mil brazos, y que solo hemos atisbado con gran esfuerzo y de forma poco clara.

Las implicaciones han empezado a levantar un torbellino en los pensamientos disparados de Khaldun, que hace poco no era más que un miserable zarandeado por las circunstancias nada alentadoras de su realidad, y ahora se está planteando la posibilidad de emigrar a un cuerpo, un momento y un lugar de su elección. Aunque como suele ocurrir a la hora de disertar sobre viajes con la mente, la práctica no es ni mucho menos tan sencilla como la teoría puede llegar a parecer.

—Suponiendo que lo consiguiera, que llegara a donde deseo, y hallara un huésped, ¿qué pasaría con la mente que ya ocupara ese cuerpo?

—Quedaría desplazada, por supuesto, por la mente superior. Atrapada para siempre en el fondo oscuro de la conciencia del otro individuo, como una voz amortiguada que golpea una pared desde el otro lado. Esto es una suposición. Otros tienen otras teorías, pero hasta ahora no se han atrevido a mencionarlas. Tienen miedo, aún, pese a todo lo que han visto, Khaldun.

Escucha a la voz más antigua de nuevo, que piensa en otro idioma. En este caso sus ideas son entendidas tan solo por Khaldun, pues el dueño de la voz puede hacer aprender y olvidar idiomas a voluntad, atendiendo a su propio interés.

Después no hay más perturbaciones del vínculo en un rato largo. Todos meditan, flotando en el limbo del abismo sobre el que se encuentran, en el cénit de su colocón.

Khaldun dedica entonces un breve pensamiento a los que han sido dejados atrás, a los débiles y simples. Sus hermanos de otra vida, los individuos de a pie. Con toda claridad puede ver como las huestes de desheredados de las Dunas observan los fulgores del incendio que se ha extendido entre las ruinas de la torre de Khop. Las estancias de hueso resisten, pero los arcontes se derriten silenciosos, así como las apolilladas colecciones de tomos milenarios, y los experimentos fallidos, que aún aúllan en la madrugada. Más abajo, el mercurio y las grandes reservas de *casiopea* también reciben los lametazos de los fuegos azulados, avivados y coloreados por otras substancias alquímicas junto a las que se almacenaban. Con esto, los humos rosas se levantan como grandes espectros sobre la torre caída. Y los habitantes de la ciudad de chapa y adobe, que sufren del miedo y la euforia en sus estados ignorantes mientras celebran la caída del tirano, son envueltos por ellos.

Allí se desata entonces un caos que a Khaldun le parece ya más propio del fin que se acerca. Todos sienten la *casiopea*, aunque por supuesto no la comprenden. Se aferran a su instinto primordial y corren desorientados cogiendo lo que pueden y arrollando a los más pequeños.

El cuerpo de Iago yace lánguido, aún en su sofá de mimbre, incapaz de moverse ni de pedir ayuda a gritos, desnutriéndose y muriendo lentamente, víctima del pillaje generalizado. El caos se extiende y Khaldun no puede más que apreciar la ignorancia de estos cuerpos atrapados por su propia carne, pues hace poco ha habitado allí entre ellos, tan perdido como los que fueron sus congéneres. Pronto dejarán de existir. Está raza que nunca llegó a mucho, y que será poco recordada por los estudiosos del tiempo. Efímera y desconocedora de su destino, desorientada en sus mares de dudas, y tan solo atisbando el conocimiento como una neblina extraña insuflada por substancias prohibidas.

Les odia, por las patadas que le dieron, porque le observaron arrastrándose en el fango más inmundo y se rieron, pero también les envidia, pues parte del conocimiento que se le ha otorgado le causa miedo y locura. Le cuesta reconocerse a sí mismo, pues ha perdido gran parte de la identidad embrionaria que se había construido en sus cortos años de vida. Al menos esta gente puede esperar el fin aferrados a su propia ignorancia, a sus seres queridos, piensa.

Sin duda, Khaldun ha empezado a descender por el pozo en el que los habitantes encapuchados de la ciudadela llevan atrapados muchos años. Las preguntas y conclusiones en su subconsciente van dejando de tener un sentido que su naturaleza anterior pudiera comprender. Durante los primeros días, se encuentra constantemente asediado por la agobiante sensación de hallarse en el limbo que existe entre la iluminación de su espíritu y el estado superior del ser, y la rotura más absoluta y definitiva de su juicio.

Después, de forma casi natural, comienza a acostumbrarse a su nuevo medio, y a regresar de forma cada vez menos habitual a sus cinco sentidos originales.

En uno de los últimos momentos en los que la claridad mundana del niño aún coletea ante la desaparición inminente, Khaldun pregunta, de nuevo:

—¿Y por qué a mí? Quizá hubiera preferido no saber, no ver...

No espera respuesta. Y sin embargo la mente antigua que le ha hablado antes se la otorga, pues esta es más caprichosa que las otras, y las otras están ya ocupadas viajando en busca de sus nuevos cuerpos, con prisa. Los temblores se han vuelto a sentir, como el chirrido de rocas rozando unas contra otras, haciendo vibrar al desierto.

—Antes de que desaparezca lo que crees que sabías sobre ti mismo, entiende que no todos pudieron ver, y no todos los que pudieron ver, vieron. Y tú no fuiste más que una mota de arena en el desierto. Uno que encontró la puerta que no buscaba, y fue más fuerte y más curioso que otros que trataron de atravesarla. Ahora trasciende y olvídate de ti mismo, y si encuentras algo más allá de la tormenta que se avecina será todo tuyo. Pues yo no te acompaño —la voz piensa para él por última vez, con gran aspereza, y después su estela rosada se desvanece en la distancia del pasado con un ligero suspiro.

Pero de nuevo, parece estar a punto de demostrarse que Khaldun sí tiene algo de singular. Quizá por su condición de recién llegado, por su juventud osada e ingenua. Quizá porque Khaldun el traficante se drogaba usando las piedras más puras de *casiopea*, sin cortarlas y limarlas empujado por el miedo a las revelaciones que estas otorgaban.

El camello con las piedras más puras, así le nombraron en otra vida, y esto solía llenar de orgullo al niño que ahora desaparece.

19.

Al cabo de unos pocos meses, Khaldun es el único que aún permanece en la ciudadela enterrada que marca su conexión con el presente. Es él último, el final es suyo, y quizá el premio de ver algo nuevo. Los demás han quedado inertes en sus alcobas secretas y son ya parte del decorado, sus huesos finos consumidos rápidamente por el vacío de las estancias de basalto. Sus mentes les han abandonado, en busca de los cuerpos vivos del pasado, y ahora o bien pugnan por un sitio al que pertenecer, o bien se han ahogado en algún momento del torrente imperturbable sobre el que navega *casiopea*.

Khaldun en cambio, enfoca su pensamiento valeroso de nuevo hacía la criatura y su advenimiento, una negrura infranqueable al frente de su visión abstracta. Siempre mira hacia allí. Ha estado entrenando. Está decidido a lanzarse a su interior, con los ojos apretados y aferrado a su hilo conductor, para ver si algo queda al otro lado. Y si allí no hubiera nada, porque la criatura devorara todas las cosas y también el espacio vacío que dejan detrás, entonces que el diablo mismo se lleve lo que quede de él. No está la sabiduría final en el pasado, como le mostró el Caminante. Ni se pueden encontrar allí, en el tiempo que ya ha ocurrido, las fuerzas de la creación. Pues estas vendrán de nuevo a recoger los frutos en los eones lejanos donde termina el viaje, después de la muerte, y hasta entonces descansan. Khaldun quiere vivir eternamente para poder conocerlas. No es ni será capaz de resistir su llamada.

Así que espera, prácticamente inerte, con el cuerpo aletargado, mientras otea lo que viene y los años pasan. Aprendiendo todo lo que desde allí se puede aprender. Y al fin, con su cuerpo conservado en las estancias vacías y sustentado por los vapores morados, observa como el desierto de su tierra empieza a ahuecarse. Lentamente. Y cuando la arena cae en cascadas temerosas, allí está la masa informe: el cuerpo de Morr-Kran´osh, destructor del mundo.

Ha tardado quince años en despertar del todo, agazapado y creciendo desde que la señal mundana lanzada por Azogue lo llamara. Desperezándose, quitándose de encima el agarrotamiento de cuando se pasan eras reposando.

Sin el don de la conciencia, pero con un poder infinito y un hambre insaciable insuflada por su creador el Caos, Morr-Kran´osh actúa como su agente nivelador. El borrador cósmico. Un maremoto de corrupción y olvido que sumerge el mundo en su cuerpo de limo infinito.

Corroe la carne y se traga la tierra, y el mar.

Khaldun quiere pasar deprisa, desapercibido, aprovechando el sonido sordo que produce la agonía del mundo, que suena más o menos como si demasiada agua tratara de entrar a la vez por un sumidero. Teme que el instinto devorador de la criatura que se está comiendo la creación pueda recaer sobre él, pues sabe que un mero rasguño de semejante ser en su mente terminaría desatando sus delirios y extinguiendo su enseña en aquel momento para siempre. Si tan solo una diminuta fracción de aquel limo casi transparente de color ocre detectara su presencia sería el fin de su viaje, de eso le habían advertido los cobardes que viajaron hacia atrás en vez de seguir sus pasos.

Y aun así, y tan solo por un instante, no puede evitar mirar a la mole, extendiéndose con sus tentáculos sobre el desierto y sobre todo lo que hay más allá. Y admira sus directrices, las fuerzas que la imperan.

Por su pureza, por su limpieza definitiva.

Oh, el Caos reptante, y su llamada silenciosa. Las voluntades de Khaldun sufren una derrota definitiva.

Allí se queda gran parte de su juicio.

Pero Khaldun sobrevive, como ha hecho siempre. De la misma forma que antaño, en un tiempo que ya casi ni recuerda, se escabullía entre las túnicas y las chilabas de un zoco cortando bolsas, ahora pasa junto al borrador cósmico Morr-Kran´osh sin que nadie se dé cuenta. Siempre ágil y diminuto, como un pez nadando contra corriente.

Y después, porque *hay* un después, el silencio más completo y universal ocurre. Sucede al caos. La luz del sol se apaga pues incluso él ha sido consumido por el hambre voraz de la fuerza que ha surgido de la tierra. Y así, Morr-Kran´osh se desliza de nuevo hacia las profundidades de los océanos oscuros que cubren ahora el mundo, a obtener de nuevo su descanso. Pues ha triunfado, y ha saciado su hambre de mundos.

Y durante millones de años, allí no pasa nada.

20.

Con el tiempo, que continúa su avance impertérrito tras la hecatombe, Khaldun se da cuenta de que ha abandonado su cuerpo. Pero no figuradamente, ni en un vuelo medianamente acotado y con ruta de regreso como había hecho hasta ahora cada vez que inspiraba los vapores de *casiopea*. Esta vez es diferente, como no podía ser de otra forma en su primer salto hacia adelante sin cuerda ni paracaídas.

El hilo que le ataba a su punto de apoyo, su constante, ya no existe. La oscuridad de la criatura que ha atravesado, y la distancia, lo han roto. Ya no recuerda el camino de vuelta a su lugar de pertenencia en el tiempo. No puede sentir su cuerpo dormido en las salas de basalto, pues estas ya no existen, y su cuerpo ha sido devorado por el barrido nivelador, como todo lo demás. Y hacia adelante, el hilo o secuencia que le guía es errático, difuso, cada vez más débil e incierto.

Por supuesto, Khaldun no puede ver estos hilos, ni nada que se les parezca, pero sabe de ellos a través de sensaciones, de corazonadas insufladas por los vapores que ya tampoco existen, pero que aún alimentan residuales su esencia viajera. Y a través de estas sensaciones, o de la ausencia de ellas, sabe que ya no hay vuelta atrás. ¡Su cuerpo ha desaparecido! Resecado en las estancias del pasado, y después obliterado por la destrucción del mundo. Ahora tan solo lo siente como una extremidad fantasma, cuya impronta permanece aún donde la materia se ha esfumado. Receptáculo maldito de carne tumefacta... maltrecho de las vivencias acumuladas durante 15 años de duro desierto, ¡allí quede!

Ahora viaja a la deriva, esperando encontrar puerto, y las aguas parecen eternas frente a él.

* * *

El agua y la oscuridad equivalen a la nada en este planeta baldío. Los océanos se niegan a retirarse para dejar respirar a la tierra. El sol yace herido y oculto. Y no hay rastro de movimiento o de vida.

Así lo ha dejado Morr-Kran´osh. Ese es su poder: derretir, oscurecer e inundar mundos, y luego desparecer, esconderse de nuevo hasta la siguiente llamada.

Pero el tiempo es casi infinito y hay nuevos comienzos, incluso para mundos yermos barridos por el caos. Al cabo de mucho, mucho tiempo, la luz vuelve a brillar y a reflejarse en las aguas inertes, y es el renacimiento del sol lo que la trae de vuelta.

La impronta de Khaldun ha resistido, adormecida y conducida por el avance del universo, y ahora asiste espantado al nacimiento de las primeras nuevas tierras, las islas montañosas y grises que la corteza empuja sobre las aguas. Ha empezado a notar que su entidad se debilita, y teme desaparecer sin encontrar un receptáculo donde acoplarse.

Teme que nada venga después. Tiene prisa.

Pero el desarrollo de la tierra renacida y la nueva vida es lento. Las islas se han unido de forma incomprensible para formar una gran placa de corteza que se ha instaurado poderosa sobre las aguas. Y sobre la tierra estallan montañas de fuego y grandes rocas caen del cielo. Khaldun pierde la esperanza al observar aquel yermo infernal, inhóspito e imposible para la vida. Un erial iluminado vagamente por la luz que sangra roja del nuevo sol y sombreado por vapores venenosos y roca derretida.

No obstante, el viajero sigue viajando hacia adelante, pues ninguna otra cosa puede hacer ya. Y aún sin esperanza, sus fuerzas continúan, y su mente envejece y reflexiona en el tiempo sempiterno. Y aún en la locura, encuentra sabiduría, aprendiendo sobre el mundo resurgido de las cenizas con fuego como el ave Fénix.

En las noches, la luna también vuelve. Y Khaldun explora los ciclos y los giros de los astros, esperando quizá ver la vida llegar desde allí, como ya ocurrió una vez, cuando los primeros gigantes surgieron de los cráteres de la luna y descendieron saltando a la tierra.

Pero esta vez los primeros nacidos no vienen del cielo, sino de las profundidades. Cuando ya se ha perdido la cuenta de los millones de años que pasan como días, como minutos, para la mente enloquecida. Alumbradas ahora de nuevo por el sol, las aguas se remueven inquietas, hirviendo y tragando los ríos de roca fundida que la tierra escupe sobre ellas. Y diminutos organismos se generan como por un milagro, mediante pequeñas reacciones químicas inauditas para aquel observador del tiempo que asiste invisible al espectáculo de la creación. Células solitarias primero, y unidas después.

Las nuevas entidades, aún en el grado de substancias semi-vivas, se arrastran con espasmos en busca de la luz y el alimento que flota y proviene de la tierra. Y allí se dirigen, a la gran superficie, que ahora se ha quebrado como un plato de arcilla en varias islas inmensa que parecen flotar alejándose, pues las presiones que dieron forma a las cosas se han ido reduciendo. Khaldun observa con emoción incontrolable como las primeras criaturas brotan valientes desde el agua a la luz roja vibrante, bajo tormentas que explotan en el cielo y después mueren, y junto a montañas que empiezan a calmar su furia. Los malos vapores retroceden y vuelven a sus moradas profundas, el magma se enfría y las islas quedan quietas. Y las criaturas medran sobre ellas, pues allí hay plantas que han creado milagrosamente una atmósfera respirable de nuevo.

Aquellos batracios emancipados pasean primero sus cuerpos aún húmedos por la superficie descarnada tan solo en busca de refugio contra los ardores y eructos de la tierra. Y una vez ocultos entre la humedad y el musgo, empieza su inaudito desarrollo. Khaldun se asienta en las cuevas y asiste a la evolución, con creciente esperanza.

Estas criaturas tienen potencial, desarrollan conexiones cerebrales a gran velocidad. En unos miles de años ya han superado a sus parientes marinos, los que han quedado atrás flotando con las amebas. El cerebro, finalmente un patrón canalizando todos los esfuerzos de sus cuerpos, surge frente a Khaldun. Él lo descubre como si una luz se encendiera en la oscuridad, en su percepción espectral de las cosas.

Su mente ha quedado ajena a los efectos degenerativos del paso del tiempo, pero no por ello ha dejado de crecer y madurar, y ahora puede leer a criaturas simples como libros abiertos. Sabe así que sus primeros pensamientos tan solo giran en torno al peligro, la reproducción y la búsqueda de alimentos y refugio. Durante eras interminables de oscuridad ni siquiera tienen una conciencia clara de ellos mismos o de su propio desarrollo. Cada nueva conexión les cuesta más tiempo que la anterior, y pasan millones de años. Aparecen enormes lagartos de gran estupidez, con presunción suficiente para dominar el mundo. Mueren abrasados. Una broma de la evolución, parece. Progreso a base de prueba y error.

Durante este tiempo, Khaldun se desgañita y se corrompe en su propio aburrimiento en las cuevas y los valles donde la vida se acuna aún, observando a las criaturas prometidas fracasar y morir.

Pero poco a poco se hace la luz en las cuevas primigenias, las ideas se encienden titilantes como estrellas en la oscuridad rampante, azuzándose unas a otras. Los primeros pensamientos estructurados provienen de aquellos nuevos seres peludos, nacidos de úteros y ya no más de huevos. Son la esperanza de Khaldun, que aguarda agazapado en las sombras, como un espíritu, a que aparezcan criaturas que gocen de la capacidad y el poder para albergar su mente antigua. Su tiempo es largo, pero no eterno.

La aparición milagrosa de lo que alguien de tiempos venideros llamará *neocórtex* es lo que había estado esperando. La nueva corteza cerebral, capaz de un pensamiento más allá del mero instinto: las primeras estrategias de caza, las primeras herramientas, los primeros deseos de algo más ¡La razón!

Sin embargo, aquello no es suficiente para él, pues en su larga espera y durante su viaje eterno, Khaldun ha maquinado planes y ha dado demasiadas vueltas a todo. Ya no se conforma con recaer en cualquier receptáculo. Miles de años, e incluso millones, son pocos para él, que ha visto los eones del pasado, y ha contemplado en soledad la destrucción y el renacimiento del mundo. Puede esperar un poco más, tan solo un poco más, y quizá alguna criatura mejor haga su aparición en la tierra. Y ocurre así, pues aquellos seres erguidos de cuatro extremidades pierden el pelo frente a sus ojos invisibles, y caminan a emprender grandes cosas.

Los primeros humanos.

Khaldun se sorprende del parecido que muestran con su antiguo cuerpo, y el de aquellos que habían habitado con él en las dunas de antaño. Con la salvedad de su tamaño muy reducido, y de sus únicos cinco dedos en cada extremidad, casi podría decirse que son una especie repetida.

21.

Humanos. La nueva promesa. Portadores de la llama encendida, suponen la última gran victoria de la evolución. El pueblo elegido. Y no obstante, en su progreso, siguieron designios equívocos, siempre en la incertidumbre, como solitarios pensantes en un planeta por lo demás poblado por bestias menores. Desorientados, nada más que animales erguidos sobre sus posibilidades, su razón y su instinto en eterna pugna.

Sin nadie por encima estaban, según su creencia, más que por dioses falsos que creían a su semejanza e imaginaban en el cielo y en la tierra, detrás del sol, el mar y los truenos. Incautos los adoraron, y en su arrogancia surgieron de las cuevas oscuras con lanzas en la mano.

Y durante mucho tiempo vagaron por la tierra y fundaron lugares, y desarrollaron el lenguaje por la necesidad de nombrar a las cosas que veían. Temerosos del trueno y de las lluvias, asustados guerreros descubridores del fuego. Khaldun tuvo tiempo de sobra para aprender sus toscas lenguas. Y cuando llegaron sus primeras ciudades de madera, fue su espectral visitante, y se maravilló recorriéndolas y admirando su atraso.

Esta especie pronto se hizo con el control de su mundo primitivo. Entonces pasaron de combatir a los elementos a combatirse entre ellos. Mientras no hubieron comenzado a construir puentes y calzadas, ninguna de sus mentes cautivó la atención de Khaldun. Y mientras tanto, él era el gran observador del tiempo, cuya presencia sentían a veces como la de un espíritu, cuando escrutaba y acariciaba sus mentes.

Tan alto fue el empeño de estos humanos por medrar, que al cabo de un tiempo construían verdaderas maravillas. Y se fascinaban con sus propios inventos dorados, dedicados al sol o a la luna, a los dioses, o a ellos mismos. Tan alto llegaron que sintieron vértigo, y también sufrieron la locura, cayendo inevitablemente en ciclos de grandeza y decadencia.

Khaldun apreció más sus momentos oscuros, pues fue ahí cuando pudo ver el potencial de sus pequeñas mentes. Cuando probaban las sustancias prohibidas que les daba la tierra como si de pistas dejadas por los dioses se tratara, y sus ojos miraban más allá. Demasiado ávidos de todo, pero sobre todo de conocimiento y de poder. Y si él hurgaba demasiado, en esos momentos podían atisbarle a través del fino velo. Nunca más volvían a estar cuerdos por supuesto, y demostraban que no eran dignos para la gran tarea que Khaldun quería encomendarles, la de servir de hospicio final al viajero de las eras. Los abandonaba gritando en los pináculos de sus torres, decepcionado.

Pero Khaldun sentía al mismo tiempo, tras cada acercamiento, que el fin de su espera estaba próximo.

* * *

Cuando por fin los conocimientos de la tierra y de las leyes que guían las cosas materiales de su mundo dejan de ser un misterio insondable, aquellos pobladores aún jóvenes, recién llegados, logran su más grande proeza. Incitados por las arengas de sacerdotes visionarios y grandes oradores, construyen casas para aquellas cosas que algunos han visto en la oscuridad del cielo. Y con satisfacción, Khaldun observa que estas ostentan la misma forma piramidal que él ya ha visto antes, en lugares muy lejanos del tiempo. Como si sus manos hubieran sido conducidas por albures cósmicos remanentes en el tiempo, o por susurros antiguos que permanecieron anclados en su propio eco, vuelven a imitar las estructuras del pasado. Y a través de ellas, creen afianzar su lugar en el tiempo y aplacar el regreso del caos.

Son estas nuevas gentes, destructores de todos los demás miembros del valle y del río que han hecho suyos, constructores de pirámides, las que por fin merecen ser exploradas con mayor detenimiento. Así que Khaldun detiene su avance, frena el contador del tiempo. Y entonces se cierne como una sombra invisible sobre la civilización que sobresale del nuevo desierto. Sobre lo que aquellos infelices llaman la tierra negra, Kemet.

Poco más que simios babeantes primero, y luego nómadas, aquellos habitantes del río Nilo han logrado tras el paso de las edades hacer de su trozo de tierra un lugar, por primera vez en su especie, digno de grandes propósitos. Un buen caldo de cultivo para que las mejores mentes de su clase medren y se regodeen en su propia erudición. La ciencia natural, el arte de la construcción, el estudio de los astros, la filosofía, la investigación de las verdades ocultas. Todo aquello se encuentra tras las frentes abultadas y la piel cetrina de aquellos seres de cinco dedos en cada extremidad. Pequeños y no muy ágiles, su fuerza no acompaña a su intelecto, y son devorados por la tierra en cuanto abandonan las ciudades o los campamentos donde se refugian e intentan prosperar.

Sus reyes se hacen llamar faraones. Se asoman ataviados con colores azules a sus balcones y caminan orgullosos. Pronto se alzan como dioses sobre los demás miembros de esta especie de homínidos envalentonados. Khaldun sonríe sobre ellos, y por fin les habla. A los más propensos a escuchar, a los que han hallado el límite de sus pesquisas mundanas insatisfactorio, insuficiente. Los que buscan las respuestas más allá de la física, e imaginan los mundos antiguos, sabiéndose tan solo una parte pequeña del universo. Los que miran al cielo con congoja, y excavan el desierto pues han soñado que debajo había riquezas enterradas. Sus ansias de vida eterna y de conocimiento son las puertas por las que él entra. A esos, Khaldun les susurra en sus sueños, les otorga visiones pasajeras, imágenes que rápido se esfuman. Piezas aisladas de un gran puzle del que solo él conoce el significado.

Pronto comienzan a pronunciar su nombre en aquellas lenguas de sonidos diferentes, con gran temor. *Khal-Dun, Jar-Dum.* Cayendo presas de la obsesión, ignorando el significado de las palabras nuevas que han aparecido en sus sueños. Construyen santuarios secretos en los sótanos más profundos, dedicados a esta nueva entidad desconocida, donde solo los fieles allegados y los conjuradores más renombrados son admitidos. Y se celebran rituales siniestros, donde vidas inocentes cambian de manos y se derrama la sangre en pozos insondables. En su nombre.

Khaldun les confunde a propósito, pues demasiada verdad sería fatal para sus planes, pero les entrena poco a poco en los saberes universales, en las verdades de otros mundos, y les insinúa qué plantas inhalar y cuáles mascar. *Casiopea* ya no existe, así que las posibilidades de escapar de los cuerpos o de adquirir conocimiento de otros tiempos de primera mano son nulas y solo lo que las fuerzas mayores quieren, ellos ven.

Algunos osan nombrar a sus primogénitos con su insignia, *Jal-Dum, Khardun, Khaldun.* Aspiran a ganar el favor de aquel que habla directamente con el sueño, el que regala esquirlas de poder y visión a los siniestros sacerdotes de Anubis a cambio de su influencia en la tierra. Le obsequian con sus hijos en el interior de sus templos alineados con las estrellas, cuando la luna crece sangrienta y ellos creen que es su ojo que les mira.

Él sabe que pronto llegará el momento de hacerse con una mente y un cuerpo, tan solo está esperando un talento suficientemente fuerte como para contener su torrente de sabiduría. Un recipiente que no se desborde ni se quiebre para siempre atrapándolo en la demencia. Mientras tanto, con cada sacrificio que consuman en su nombre, se siente halagado.

Y es más o menos por aquel entonces, en los siglos florecientes del Imperio Antiguo, cuando hace su aparición un joven erudito. Precoz incluso para tiempos de iluminación. Un sabio recluido, hijo de un rey, cuyos planes maquiavélicos están muy por encima de los de todos sus rivales en los juegos del poder. En las encarnizadas luchas por el control de sus vasallos, él supera hábilmente a sus enemigos. Y durante las revelaciones acontecidas durante sueños y las visitas nocturnas a los desiertos remotos (donde las visiones son más fuertes al estar alejadas del ruido y de la luz), siempre parece comprender que hay un designio oscuro sobre él. Que existen significados ocultos detrás de las causas aparentes, más allá de la física y los preceptos de la realidad. Khnum-Khufu, fue su nombre. El faraón oscuro.

Constructor de la más grande de las pirámides del nuevo mundo, tirano despiadado, poseedor de una sabiduría fuera de lo mundano y convencional, conjurador de terribles plagas, adorador de criaturas olvidadas en las profundidades. Por todo aquello y por mucho más fue conocido el nuevo huésped de Khaldun, cuya mente original vivió desde entonces arrinconada, encarcelada en la oscuridad vacía tras la conciencia del parásito. En el desván. Arañando siempre las paredes con desesperación y plenamente consciente de que un ser poderoso venido de otro tiempo habitaba en su cuerpo y gozaba del control total.

Khaldun al principio se dedicó sobre todo a disfrutar, pues podía por fin tener influencia en el plano de las cosas físicas, tenía un cuerpo humano. Y su influencia era poderosa, además, pues era rey de reyes, un dios en la tierra, descendiente del Sol. Adorado a lo largo y ancho de las tierras del Nilo, con templos en su nombre. Y por primera vez no templos ocultos sino gloriosos y expuestos a la luz divina del día.

La mayoría adoraron a Khufu pensando que era la personificación del astro rey, que les había dado la vida, y creían que cada noche expiraba y atravesaba el ultramundo, y cada mañana renacía con el amanecer. Pero unos pocos sabían que Khufu, el humano, gozaba ya de poca autonomía sobre la tierra, pues ni siquiera la tenía sobre su propio cuerpo. Y en la oscuridad, al final de escaleras que descendían desde los sótanos más profundos, pronunciaban su verdadero nombre en secreto, con sus caras veladas por máscaras siniestras, poseedores de la verdad más allá del Faraón.

Fueron estos últimos los que construyeron, bajo los designios del faraón oscuro, la gran pirámide, que aún se mantiene en pie. La más espléndida, y la más profunda e insondable. Plagada de pasajes secretos y trampas mortales, coronada de oro macizo.

Aunque después pasaría a la historia como su tumba, aquel edificio de construcción imposible, foco de invocaciones impías, fue utilizado asiduamente antes y después de que Khufu, la carcasa del espíritu errante, muriera y su alma quedara allí atrapada. Funcionó como receptáculo de poderes mayores que los de Khaldun. Cual baliza o antena, atrajo la atención de entes que se mueven despacio por las espesuras del cosmos. Pero aquellos usos la historia, en su sabiduría, se encargó de borrarlos. Y las generaciones posteriores, cuando Khaldun ya hubo viajado a otras tierras, a otras mentes, abandonaron las ruinas y sepultaron allí a los misteriosos enmascarados que aún penetraban por la noche y entonaban cánticos en torno al sarcófago y la momia de su líder.

Si bien Khaldun se encontraba en un estado de consciencia y desarrollo mental muy superior, la corrupción que había sufrido durante sus años de *casiopea*, cuando había visto a los otros *viajantes*, y sobre todo después, durante su eterno tránsito, no distaba mucho de la que había atacado la mente del *maestre* Khop, empujándole finalmente a invocar a la criatura Morr-Kran´osh.

Esta contaminación de sus deseos había alcanzado su punto álgido cuando observó al gran limo devorador de todas las cosas, como no podía ser de otra forma, pues ya el Caminante le había advertido que para traspasar esa barrera, debía renunciar a buena parte de su ser. Y lo que quedara de él sería cambiado para siempre.

Khaldun no quería invocar del todo a aquellos seres con los que tonteaba, no obstante, pues aún les temía en gran medida. No era su intención traer la erradicación nuevamente al mundo, no por aquel entonces. Aún disfrutaba de utilizar a los humanos como un niño haría con un juguete nuevo. Tan solo quería llamarlos, presentar sus credenciales, y pedir sus favores.

Pero los agentes del caos, las voluntades enterradas, Morr-Kran´osh y los otros, y el propio Caos que los domina y que existe en todas las cosas pero no tiene cuerpo ni nombre, todos le rechazaron repetidamente. Aunque sin destruirle, pues debieron considerar que su existencia tan holgada era parte de su castigo. Y Khaldun les odió terriblemente en secreto, a estos entes sobrenaturales que no entendía del todo, y la roca fría de las salas interiores de la gran pirámide le vio gritar y enloquecer aún más, y arañar el cuerpo del pobre Khufu contra las paredes.

Así, incapaz de influir en el cosmos, se convirtió en un déspota caprichoso y malvado allá donde fue, y su voluntad batió la tierra como un vendaval de poder y sangre que manchó el mundo antiguo. Durante los muchos años de la inusualmente larga vida de Khufu y de los siguientes líderes de la humanidad en los que se instaló cómodamente, ganó muchos seguidores a los que contó medias verdades. Les habló de la existencia de las mismísimas fuerzas incontrolables de la creación y del caos, que se hallaban enterradas en nuestro mundo, y en otros, y también flotando entre las estrellas. Les enseñó a llamarlas, tratando aún de ganar su favor, fundando sectas y cultos secretos que prolongaron sus nefastas actividades durante miles de años, transmitiendo los secretos de Khaldun de padres a hijos, sin comprenderlos del todo, como idiomas olvidados. Pronunciando su nombre temerosos.

Cuando los cuerpos de sus huéspedes se deterioraban demasiado, Khaldun los dejaba morir, y saltaba de nuevo, abandonando las carcasas y dejando allí solo mentes enloquecidas y labios incapaces de articular palabra.

Habiéndose apegado demasiado a la mente humana y mortal, su

capacidad de transmigrar se había reducido. Pero el mundo ya era maduro, las civilizaciones florecientes, así que encontró multitud de huéspedes para seguir su viaje y expandir sus creencias, que ya eran más obsesiones oscuras y mezquinas que verdades o sabiduría.

Como se ha dicho, su espíritu se había visto ennegrecido por el largo viaje y nunca volvió a ser el mismo. Durante las visiones del mundo engullido por el olvido y durante sus primeras invocaciones desde la gran pirámide, preguntas siniestras e irresolubles le habían infectado el alma, corrompida para siempre por las ansias de saber y por el roce de los entes a los que perseguía sin cesar. Estos estaban siempre por encima de él, flotando en espacios a los que él solo podía llegar con los tentáculos más depravados y prolongados de su mente. Y si es que sentían, o es que tenían siquiera una voluntad, parecía que disfrutaban observando los esfuerzos dementes de Khaldun, otorgándole tan solo pequeñas piezas vanas de su poder a cambio de las más siniestras proezas, igual que él hacía a su vez con sus vasallos humanos.

En definitiva, nada bueno creció nunca de la presencia de Khaldun en nuestro mundo.

Fue poseedor de algunas de las más exuberantes mentes de la humanidad, que corrompió y utilizó a sus anchas, coleccionándolas, dando lugar a individuos altamente misteriosos y cualificados. Figuras sobrenaturales y temidas, autores de obras inspiradas por conocimientos imposibles, líderes de cultos.

John Dee, el alquimista Fulcanelli, el auto proclamado profeta Grigori Yefimovich Rasputin, Marie Laveau y su siniestra prole, Alesteir Crowley, maestro ocultista, el famoso árabe loco Abdul Alhazred, el señor Akkerman, experto en minería y excavación de abismos. Estos son solo algunos nombres en la oscura historia de Khaldun, huéspedes que le buscaron, le invitaron a invadir sus mentes, confiando fatalmente en las promesas que sus susurros portaban.

Desde ellos siguió estudiando, continúo con sus planes macabros y erráticos. Y finalmente trató de modificar los designios del caos para así acortar el ciclo, a cambio de favores que tan solo le hacían caer más profundamente en la negrura. Pues nunca había olvidado del todo el poder y la pureza que solo observó durante la purga de su mundo, y vivía fascinado por la imaginación neblinosa del saber que podría obtener si lograba alcanzar la altura de aquel que dominaba los designios de la criatura Morr-Kran´osh, y de otras muchas.

Pero lo que todas aquellas personas hicieron, unidas por la estela de una misma mente errante, forma parte ya de otra historia. Una crónica que aún nadie se ha atrevido a recopilar.

Lo único que se sabe hoy en día en nuestro mundo sobre Khaldun, pues mucho se ha olvidado, es que allá donde su impía presencia fue, viejas y olvidadas maldiciones se levantaron, y temblores más profundos que el centro de la tierra se sintieron con pavor.

Y lo que se ignora es que aún continúa su peregrinaje y su servidumbre llena de odio a los poderes oscuros, millones de años después de su nacimiento como un niño en el desierto de otras eras. Y que después, regresará, cuando su misión esté cumplida, cuando haya visto lo que viene en el final de los días y haya traspasado la última puerta. Regresará, traspasará de nuevo la hecatombe y el cambio en el mundo, y descenderá desde las estrellas a un oasis del norte. Le llamarán el Caminante, pues él mismo habrá olvidado su nombre, y allí esperará a un niño huérfano que porta un don especial.

Y después reposará para siempre, en su oasis tranquilo, por los eones y eones y eones. Pues la mente libre que ha aprendido a vagar sin un cuerpo, nunca puede morir.